Das Buch

Eigentlich wollte er nur ein ruhiges Wochenende in seiner kleinen Hütte am See verleben.

Als er dann aber das feenähnliche Wesen Onanga an seinem Steg entdeckt, beginnt für ihn eine magische Reise. Er lernt Teile aus Onangas Welt kennen, die außerhalb von allem liegen, was er sich jemals hätte vorstellen können. Den Wunsch Onangas, ihr bei der Suche nach einem Buch zu helfen, das ihrem Volk sehr wichtig ist, erfüllt er nur allzu gerne.

Am Ende der Suche stellt ihn Onanga vor eine gleichermaßen schwere, wie unerwartete Entscheidung.

Gab Robe

Onanga

Die Suche nach dem magischen Buch

Bibliografische Information der Deutschen Nationalbibliothek. Die Deutsche Nationalbibliothek verzeichnet diese Publikation in der Deutschen Nationalbibliografie; detaillierte bibliografische Daten sind im Internet über www.dnb.de abrufbar.

Herstellung und Verlag: BoD – Books on Demand - Norderstedt

Umschlaggestaltung: Gab Robe

© 2016 Gab Robe

ISBN 978-3-73922671-2

Vorwort

Über weite Passagen des Buches empfehle ich ein bisschen Hintergrundmusik zu hören. Besonders denke ich dabei an die mystische Musik, die man stundenlang auf den bekannten Internetplattformen legal und kostenfrei bspw. unter der Suchanfrage „music celtic" hören kann.

Die wenigen Passagen, in denen sich diese Art von Musik nicht empfiehlt, bekommt man sehr deutlich mit. Finde ich zumindest.

Gab Robe

Ein Traum?

"Kommst du noch mit? Einen trinken?"

"Ne, weißt du doch. Ich arbeite wirklich gerne mit euch zusammen. Aber, wenn ich Feierabend habe, dann habe ich Feierabend. Und da gehört unter anderem zu, dass ich keinen von euch sehe. Trotzdem nett, dass du fragst."

Eigentlich war er im Grunde seines Herzens gar nicht so abgeneigt mit seinen Kollegen – insbesondere mit Janette - einen trinken zu gehen, aber er hatte Bedenken, dass es dann doch irgendwie verklemmt werden würde. Bei der Arbeit hatte man schließlich immer ganz andere Themen. Deshalb kam es ihm ganz recht, dass er ohnehin das ganze Wochenende verplant hatte.

Kurz danach saß er in seinem Auto und arbeitete sich durch den Feierabendverkehr. Ein langes Wochenende lag vor ihm. Nachdem er den dichten Verkehr verlassen hatte, tauchte vor ihm eine lange Landstraße auf. Links und rechts standen vereinzelte hohe Nadelbäume, die sich vor dem blauen Himmel majestätisch erhoben. Er hätte nichts dagegen gehabt, wenn er noch ein paar Stunden auf der gleichen Straße weitergefahren wäre. Der Anblick berührte ihn jedes Mal aufs Neue. Leider wich die schöne Landschaft nach ein paar Kilometern den Häusern des nächsten Dorfes.

Hinter dem Dorf musste er nur noch ein bisschen durch den Wald kurven, den er am Horizont bereits sehen konnte. Dann würde der Alltag endgültig hinter ihm liegen. Keine Kollegen, keine Kolleginnen. Einfach nur er und die einsame Hütte am See.

Ohne jede Vorwarnung hörte er einen ohrenbetäubenden Lärm und ein riesiger Schatten legte sich krachend über ihn.

Natürlich war er automatisch auf die Bremse gestiegen, aber so sehr er auch nach der Ursache des Phänomens suchte. Es war nichts zu sehen. Hatte er sich das nur eingebildet? Um ihn herum standen die Kühe genügsam auf der Weide und grasten. Der Himmel war blau. Alles war friedlich. Schließlich schüttelte er den Kopf, stieg wieder in sein Auto und kurvte durch den Wald bis er am Ziel angekommen war. Vor ihm lag seine kleine Hütte am einsamen See.

Er machte sich schnell ein Essen auf dem Campingkocher und setzte sich draußen an den Tisch. Der See war, wie immer ruhig und dunkel. Je später der Abend, umso einsamer wurde es an dem See. Die wenigen Jogger, die sich tagsüber bis hierher verirrten – der einzige Weg, der um den See herumführte war ein gewundener Trampelpfad – hatten sich schon lange zurückgezogen.

Als die Sonne unterging und den Himmel hinter den dunklen Tannen, die am anderen Seeufer standen, in rotes Licht tauchte, setze er sich in eine dicke Decke gehüllt auf den Steg. Er wusste, dass er nichts anderes machen wollte, als ruhig und entspannt sitzen zu bleiben. Was für ein herrliches Gefühl.

Ein leises Plätschern riss ihn aus seinem Dämmerschlaf. Da sich das Rot des Himmels schon lange verabschiedet hatte, erahnte er den hellen Körper mehr, als dass er ihn sah. Trotzdem war er sich sicher, dass am Ende des Stegs eine Frau saß. Eine Frau, die ein weißes wallendes Kleid an hatte.

Jeden anderen, der sich das erlaubt hätte, hätte er ziemlich rüde verjagt. Dieses Wesen strahlte aber vom ersten Moment an so eine unglaubliche innere Ruhe und Schönheit aus, dass er nur daran dachte, sie unbedingt kennen lernen zu wollen. Er wusste nur nicht wie. Einfach so etwas wie, „hallo, wer bist du denn?" kam ihm vollkommen unangemessen vor. Er musste sich jedenfalls etwas Besseres einfallen lassen. Also wartete er noch ein bisschen ab, bis ihm etwas Passendes einfiel. Vielleicht war es ja doch nur eine optische Täuschung.

Als der Mond dann irgendwann den ersten Lichtstrahl auf den Steg brachte, geschah etwas, das er überhaupt nicht erwartet hatte.

Sie schaute ihn lächelnd an und streckte eine Hand nach ihm aus. So, als ob er seine Hand in die ihre legen sollte. Einen kurzen Moment überlegte er noch, ob er nicht eigentlich erstmal etwas Kluges oder Lustiges sagen müsste, dann aber wurde ihm klar, dass die Initiative von ihr aus ging. Er musste einfach nur seine Hand in ihre Hand legen. Mehr wurde gar nicht erwartet. Ihre Hand war angenehm weich und warm. Und ihr Lächeln war das schönste Lächeln, das er jemals von einer Frau bekommen hatte.

„Hallo, mein Freund."

Sie hatte etwas zu ihm gesagt. Das alleine war nicht so fürchterlich besonders. Nur kam ihre Stimme ganz eindeutig nicht von ihr. Es konnte noch nicht einmal ein Bauchrednertrick sein, mit dem sie ihn vielleicht amüsieren wollte. Die Stimme war einfach in seinem Kopf aufgetaucht. Ihm war nicht klar, wie das passieren konnte. Der Gedanke, dass er besser ihre Hand loslassen sollte und gehen sollte, kam so schnell, wie er auch wieder ging.

„Komm mit mir. Ich möchte dir meine Welt zeigen."

Wieder war die Stimme mehr ein Gedanke. Trotzdem wusste er, dass sie zu ihm gesprochen hatte. Und er wusste auch, dass er ihrer Aufforderung gerne folgen wollte. Nur wusste er nicht, wie er es machen sollte.

Sie machte einen Schritt in Richtung des Sees und zog ihn sanft hinter sich her. Dabei lächelte sie ihm aufmunternd zu. Kaum hatte er begriffen, dass sie mit ihm schwimmen gehen wollte, da merkte er auch schon, wie er in das Wasser glitt.

Statt der Kälte des Wassers empfand er angenehme Wärme. Auch musste er nicht schwimmen. Er stand mit ihr auf einer Lichtung, die vom Mond beschienen wurde. Er hatte zwar noch nie davon gehört, dass jemand in einem Traum – und nichts anderes konnte das sein – merkte, dass er nur träumte. Trotzdem konnte es nicht anders sein. Schließlich konnte niemand in einen See gehen und dann, statt im Wasser mindestens nass zu werden, einfach auf einer Lichtung stehen und dabei komplett trocken zu bleiben. Das ging einfach nicht. Trotzdem beschloss er, den Traum noch ein bisschen weiter zu träumen. Es war einfach zu schön.

„Schön, dass du mitkommen möchtest. Es gibt so schöne Plätze bei uns."

Während er das hörte, schaute ihn seine Begleitung erwartungsvoll an. Natürlich hatte er Lust sie zu begleiten. Es war warm. Alles war so unglaublich friedlich. Es roch, wie an einem verheißungsvollen Frühlingsmorgen. Wie hätte er auch nur ansatzweise auf die Idee kommen können, nicht mitgehen zu wollen?

Noch immer hielt ihn seine Begleitung an der Hand. Sie ging leicht versetzt vor ihm her, sodass er einen Blick auf ihren Rücken werfen konnte. Es war das erste Mal, dass er sie in vollem Licht sah. War nicht gerade noch Nacht? Egal. Schon vorher hatte er erahnt, dass sie eine traumhafte Figur hatte. Jetzt aber sah er es zum ersten Mal und es gelang ihm nicht mehr, den Blick von ihr zu lösen.

Sie trug ein nahezu feenhaftes leichtes Kleid, das selbst da, wo Stoff war, den Blick auf ihre Haut kaum verstellte. Ihr Rücken war, wie auch Teile ihrer Arme mit einem wunderschönen Tattoo verziert, das eine Szene darstellte, wie er sie nur aus Illustrationen romantischer Märchen kannte.

„Gefällt es dir?"

Natürlich gefiel es ihm. Was war das für eine Frage? Es war fantastisch. Unvorstellbar schön. Was würde er darum geben, wenn das nicht nur ein wunderschöner Traum wäre.

Obwohl sie zunächst auf einer Lichtung gestanden hatten, befanden sie sich jetzt auf einmal auf einem Feld. Er konnte sich nicht erklären, warum das so war. Für seine Begleitung schien das allerdings vollkommen normal zu sein. Sie zeigte mit ihrer freien Hand auf eine Dunstwolke am Ende des Feldes.

„Dort wohnen wir. Hab keine Angst vor dem Nebel. Ich werde dich sicher führen."

Inzwischen machte er sich schon gar keine Gedanken mehr darüber, weshalb er sie so klar verstehen konnte, obwohl sie gar nicht sprach. Trotzdem hätte er sich so gerne mit ihr unterhalten. Es gab so viele Fragen, die er stellen wollte. Er wusste zum Beispiel nicht, wie er sie nennen sollte. Vielleicht war sie eine Elfe oder so etwas in der Art. Elfen hatten doch auch Namen. Oder war das nur eine Erfindung irgendwelcher Schriftsteller? Ja, natürlich gab es so etwas nicht. Wie auch? Wo blieb denn bitteschön die Naturwissenschaft?

„Ach ihr Menschen macht es euch immer so schwer. Du darfst mich Onanga nennen. Was ich genau bin? Für euch Menschen bin ich so etwas wie eine Fee. Einfache Erklärungen sind oft die besseren. Auch wenn sie nicht ganz stimmen."

Er musste über sich selber lachen. Er konnte sich nicht erinnern, jemals so intensiv geträumt zu haben. Den Namen Onanga konnte er sich gut merken. Wie das Volk, zu dem sie gehörte genau hieß, war wirklich nicht so wichtig. Da hatte Onanga recht.

Inzwischen waren sie dem Nebel schon sehr nah gekommen. Noch nicht einmal der Ansatz von Konturen war in der grauen Suppe zu erkennen. Trotzdem hatte er keine Bedenken, als er Onanga in den Nebel folgte. Der Boden unter seinen Füßen schien auf seltsame Weise nachgiebig zu sein. Nicht, dass er den Eindruck hatte, im nächsten Moment einzubrechen. Es war mehr, wie das Gehen auf einem prall gefüllten Wasserbett von gigantischen Ausmaßen. Er hätte den Boden gerne näher betrachtet, konnte aber nichts erkennen. Seine eigenen Füße waren bereits im Nebel verborgen.

Als sich der Nebel endlich lichtete, standen sie vor einem riesigen See, über dem große schwarze Vögel kreisten. Das Licht, in das die Szenerie getaucht war, war so irreal wie der gesamte Traum. Alles erschien in dunklen, violetten und roten Farbtönen. Selbst die riesige Sonne, die am Horizont stand, war nicht gelb sondern in tiefem Rot gefärbt.

Sie bestiegen ein kleines Ruderboot. So wie die Reise mit Onanga bisher verlaufen war, hätte er sich nicht gewundert, wenn sich das Boot jetzt, wie von Geisterhand gezogen, auf den See hinaus bewegen würde. Da sich Onanga nicht setzte, blieb er ebenfalls stehen und stellte sich in Erwartung der Bewegung in leichter Schrittstellung auf. Der erwartete Ruck blieb aber aus. Und als er sich zum Ufer umschaute, merkte er, dass auch die magische Bewegung des Bootes auf den See hinaus ausblieb. Es lag noch immer genau an der Stelle, an der sie eingestiegen waren.

„Na, ein bisschen musst du auch dafür tun", war der lachende Kommentar, den er in seinem Kopf hörte. Dabei war das Lachen so unglaublich fröhlich und hell, dass er hoffte, der Kommentar würde möglichst oft wiederholt werden. Den Gefallen tat ihm der Traum aber nicht. Stattdessen lächelte ihn Onanga an und zeigte ihm die Ruderbank.

Als er die beiden Ruder in die Hände nahm, stellte sie sich hinter ihn und legte ihre Hände auf seine Schultern. Erst nach einigen Ruderschlägen begann er darüber nachzudenken, weshalb sich das Boot nach vorne bewegte, obwohl es durch die Ruder eigentlich nach hinten hätte fahren müssen.

„Wir müssen doch sehen, wo wir hin steuern. Also bewegen wir uns vorwärts. Ihr Menschen seid manchmal etwas umständlich."

Warum sollte er sich weiter Gedanken darum machen? Dann funktionierten die Boote in diesem Traum eben anders als die realen Ruderboote. Die Hauptsache war doch, dass Onanga ihre Hände so wunderbar auf seine Schultern legte. Erst bei diesem Gedanken bemerkte er, dass sich die Hände noch angenehmer und weicher anfühlten, als am Anfang der Reise.

Danach genoss er einfach nur noch die Überfahrt. Das Farbenspiel des Himmels änderte sich immer wieder. Kaum merklich glitten die Farben ins blaue Spektrum und wieder zurück über Violett und Rot zu einem tiefen warmen Orange. Es war ein einmaliges Schauspiel. Als er den Gedanken hatte, dass dies schöner war, als er es sich jemals in einem Traum hätte ausmalen können, hätte er fast laut losgelacht.

Ohne, dass er es vorher bemerkt hatte, tauchte das Ufer an der gegenüberliegenden Seite des Sees auf. Wie er es machte wusste er nicht, aber er steuerte den Steg auf einem perfekten Kurs an. Als das Boot schon fast anschlug, erkannte er, dass es sein eigener Steg war. Er konnte sogar erkennen, wie er selber in dicke Decken gehüllt auf dem Steg saß.

„Hat dir die Reise gefallen?" wollte Onanga von ihm wissen. Als ob das wirklich einer Frage bedurft hätte. Natürlich hatte es ihm gefallen und er hätte die Reise sehr gerne noch weiter fortgesetzt. Nur noch eine kleine Runde auf dem See oder wo auch immer. Diese wunderbaren warmen Hände auf seinen Schultern spüren. Diese unglaublich schönen und intensiven Farben sehen. Nein. Er wollte den Traum noch nicht enden lassen. Der Traum sollte weitergehen.

„Wenn ich dich nochmals besuchen soll, dann musst du bereit sein, ein Andenken von mir entgegen zu nehmen."

Natürlich war er bereit dazu. Was für eine Frage. Onanga wollte ihm ein Andenken geben! Er würde es in Ehren halten und sich bei jedem Anblick an diese wunderbare Traumreise zurückerinnern.

Büroarbeit

Der Tag im Büro versprach wieder so unaufgeregt zu verlaufen, wie immer. Seitdem er sich entschlossen hatte, etwas zu machen, das zwar weniger Kick, dafür aber eine umso längere Lebenszeit versprach, freute er sich über diese unaufgeregten Tage. Noch jetzt musste er lachen, wenn er sich an die Gesichter seiner Geschäftsfreunde und Kollegen erinnerte. Sie hatten es einfach nicht verstanden, wie er aus dem sicher dahinbrausenden, superschnellen und supermodernen Zug aussteigen konnte, um dann bei einem Laden anzufangen, der kaum die Bezeichnung Bimmelbahn verdiente. Noch dazu für so viel weniger Geld.

Seine Rechnung aber war sehr einfach gewesen. Er hatte genug Geld angehäuft, um ein paar Jahre ohne jegliche Arbeit auszukommen. Wenn er also einen Job machte, der seinen täglichen Bedarf deckte, reichte sein Geld locker bis ans Ende aller Tage. Denn eines hatte er im Gegensatz zu seinen Kollegen nie wirklich genossen: Geld für kurzfristige Vergnügungen auszugeben.

„Hey, was hast du denn da am Nacken? Ist das neu?"

Janette, mit der er das kleine Büro teilte, stand mit erwartungsvoll leuchtenden Augen neben ihm.

„Ja. Gefällt es dir?"

„Sieht echt cool aus. Hätte ich dir nie zugetraut. Hat das irgendeine besondere Bedeutung?"

„Nicht, dass ich wüsste. Mir gefiel es einfach."

„Wahnsinn. Da arbeitet man in Ruhe mit dir zusammen und dann kommst du auf einmal mit so einem mystischen Nackentattoo um die Ecke."

Wenn die wüsste… Der Moment, in dem er das Tattoo entdeckt hatte, war für ihn so schockierend und überraschend gewesen, dass er fast umgefallen wäre. Danach war ihm sein Traum wieder eingefallen. Klar. Onanga hatte ihn gefragt, ob er ein Andenken an sie annehmen wolle. Natürlich hatte er das gewollt. Zum einen, weil er einfach so wahnsinnig überwältigt war und zum anderen weil es nun einmal ein Traum war. Es konnte also niemals eine Verbindung zur Realität geben, die sich in Form eines Tattoos zeigte.

Soweit er das wusste, tat ein frisches Tattoo noch eine Zeitlang weh. Es war schließlich nicht viel mehr als eine Verletzung der Haut, die mit Farbe vollgepumpt war. So sehr er sich aber über seinen Nacken gerieben hatte. Er hatte nichts gemerkt. Nicht den geringsten Schmerz. Auch die Kruste, die hätte da sein müssen, war nicht zu erfühlen.

Also konnte es eigentlich nur Farbe sein, die auf seine Haut aufgetragen worden war. Henna zum Beispiel. Aber wer hätte das wann machen sollen? Außerdem schied Henna ohnehin direkt wieder aus, da es das nur in rot und schwarz gab. Letzteres war sogar giftig, hatte er mal gelesen. Irgendwas mit Schwermetallen.

So lange er auch nachgedacht hatte – waschen hatte er natürlich auch ausprobiert - er war auf keine vernünftige Lösung gekommen. Also hatte er es einfach hingenommen. Sollte es eben das Geschenk von Onanga sein. Zwar war das eine komplett unrealistische Erklärung. Aber immerhin eine wunderschöne. Anders als sonst, konnte er sich noch jetzt an jedes Detail seines Traumes erinnern. Ungewöhnlich. Aber bei einem solchen Traum...

Als er sich dann zur Arbeit aufgemacht hatte, hatte er einen kleinen Moment lang überlegt, ob er sich etwas anziehen sollte, das seinen Nacken vor fremden Blicken schützte. Dann aber hatte er den Gedanken verworfen. Wenn er bei der Arbeit auf einmal mit Hemd und Kragen aufgetaucht wäre, wäre das für seine Kollegen geradezu die Aufforderung gewesen ihn zu fragen, was er verbergen würde. Also hatte er es einfach auf sich zukommen lassen.

Mehr als die Reaktion von Janette kam den ganzen Tag über nicht. Also war alles kein wirkliches Problem. Der Arbeitstag plätscherte langsam vor sich hin. Möglicherweise hatte er in der Kantine noch ein paar Blicke bekommen. Ihn interessierte es zu dem Zeitpunkt schon nicht mehr. Seine Gedanken kreisten immer mehr um den Wahnsinnstraum, den er auf dem Steg gehabt hatte. Eines war sicher: Die Erinnerung war so klar und deutlich, dass Onanga eigentlich real sein musste. Andererseits war ihm natürlich klar, dass er Dinge erlebt hatte, die so im realen Leben nicht passieren konnten.

Er kam zu keinem wirklichen Schluss seiner Überlegungen. Vielleicht würde sich Onanga ja auch am nächsten Wochenende zeigen. Vielleicht gelang es ihm dann ja irgendwie mit ihr zu reden. Vielleicht, vielleicht.

Die Königin

Endlich hörte er sie. Diesmal setzte sie sich nicht an das Ende des Stegs. Sie ging direkt auf ihn zu und legte ihre Hand auf seine Schulter. Er blieb einfach sitzen und genoss die überwältigende Freude. Sie war zurückgekommen. Und sie lächelte ihn wieder an. Ihm war, als ob er ihr Lächeln hören könnte. Gerade so, wie helle fröhliche Stimmen, die der laue Nachtwind zu ihm herüberwehte.

Er wollte einfach nur genießen und ihr irgendwann irgendwie für das Tattoo danken, das sie ihm geschenkt hatte. Obwohl er vorher nie daran gedacht hatte, sich tätowieren zu lassen, hatte er sich in den paar Tagen bereits so sehr daran gewöhnt, dass er es für nichts auf der Welt wieder hergegeben hätte.

„Wie schön, dass es dir gefällt."

Wieder entstand die Stimme in seinem Kopf. Gerade so, wie in dem Traum. Nur… Nein, er wollte den Gedanken nicht zu ende denken. Wo hätte das auch hinführen sollen? Höchstens dazu, dass Onanga wieder verschwand und im schlimmsten Fall nie wieder auftauchen würde.

„Wollen wir noch eine kleine Reise durch meine Welt machen?"

Er war sich sicher, dass es auf die Frage nur eine Antwort geben konnte. Natürlich hatte er Lust, mit ihr durch ihre Welt zu reisen.

Ohne sich darüber zu wundern, dass das Ruderboot von der letzten Fahrt wieder am Steg lag, stieg er ein und setzte sich auf die Ruderbank. Wieder legte sie ihre Hände auf seine nackten Schultern. Nackte Schultern? Wo war seine Decke geblieben? Egal. Er fühlte sich gigantisch gut. Ihm war warm. Alles stimmte.

Auf beiden Seiten des Sees erhoben sich bizarr anmutende Felsformationen. Das Gestein, auf dem sich vereinzelt kleine Kiefern festgesetzt hatten, erschien vor dem violetten Himmel dunkel und matt. Je weiter er ruderte, umso enger schlossen sich die Felsen um das Wasser. Als er seinen Blick hob, sah er riesige senkrecht in den Himmel aufsteigende Felswände. Seine Ruderschläge kamen als Echo zu ihm zurück. In der Ferne machte sich ein leises Rauschen bemerkbar.

„Vertraust du mir, mein Freund?"
Natürlich vertraute er ihr. Ohne sie und die unglaubliche Ruhe und Leichtigkeit, die sie ausstrahlte, wäre er doch niemals bis in diese Schlucht gekommen. Mit ihren Händen auf seinen Schultern kam er noch nicht einmal auf die Idee, dass ihm irgendetwas passieren konnte.

Inzwischen war das Rauschen näher gekommen. Es konnte eigentlich nur ein Wasserfall sein. Ein Wasserfall, der mit unbändiger Kraft, das Wasser des Sees in die Tiefe schleuderte. Ihn störte es nicht. Auf der Oberfläche des Wassers zeigte sich ein farbiges Flirren, das immer dann, wenn es auf einen der Felsen traf, einen Schwall nebeliger Gischt empor spritzen ließ. Er fand das Spiel der Farben interessanter, als die auf ihn zukommende Gefahr. Er fühlte sich so sicher, wie es nur ging. Das immer wilder spritzende Wasser machte ihn noch nicht einmal nass. Eigentlich hätte er doch jetzt frieren müssen.

Mit immer größer werdender Geschwindigkeit sah er eine Felswand auf sich zukommen. Er war gespannt, wie er die Kurve, die der Fluss dort nehmen musste, meistern würde. Wahrscheinlich genauso traumwandlerisch, wie alles andere. Als die Wand schon so nah war, dass er glaubte, jetzt hinein zu krachen, verschwand das Wasser unter dem Boot und er segelte in aller Ruhe unter der Felswand hindurch, bis er sachte und elegant auf dem Wasser aufsetzte und vor sich einen riesigen See sah.

„Ich danke dir für dein Vertrauen."
Er wusste einfach nicht mehr, was er denken sollte. Schon wieder war er auf einem See. Wieder war der Himmel in wilde mystische Farbspiele getaucht. Nur war er diesmal mit Onanga nicht alleine. Auf dem See waren viele andere Boote unterwegs. So wie Onanga stand auch auf den anderen Booten immer genau eine Person. Nein. Hatte er gerade Person

gedacht? Natürlich waren es Feen aus Onangas Volk. Alle Boote bewegten sich mit einer stillen Eleganz. Er wusste nicht, was die Boote antrieb. Zu hören war jedenfalls nichts und im Gegensatz zu Onanga hatten die anderen niemanden, der auf der Ruderbank saß und für sie ruderte.

Während er langsam immer weiter auf den See hinaus glitt, beobachtete er aufmerksam die anderen Boote. Scheinbar waren nur Frauen auf den Booten unterwegs. Alle fuhren mit großer Ruhe auf geraden Linien über den See. Er hatte keine Idee, was all diese Feen auf dem See machten. Sie fischten nicht. Sie schienen nichts zu transportieren. Sie fuhren einfach nur in alle möglichen Richtungen über den See, dessen Wasser vollkommen ruhig war. Eigentlich erstaunlich bei der Größe. Das gegenüberliegende Ufer war irgendwo hinter dem Horizont.

Erst jetzt bemerkte er, dass die Boote noch nicht einmal die kleinsten Wellen auslösten. Es sah schon fast so aus, als ob das Wasser einfach nur kurz Platz machte und sich danach wieder an seine alte Stelle zurückbegab.

„Sie meditieren. Vielleicht lernst du das auch eines Tages. Die Meditation ist für unser Volk sehr wichtig. Nur so gelingt es uns, in gefährlichen Situation die Ruhe zu bewahren und das Richtige zu tun."

Irgendwie klang das für ihn logisch. Zwar hatte er noch nie davon gehört, dass man zur Meditation ein Ruderboot brauchte, aber andererseits: Andere Länder andere Sitten. Damit war auch erklärt, warum die anderen Feen, die ab und zu mit nur ein paar Metern Abstand an ihnen vorbei glitten, niemals ein Zeichen des Grußes von sich gegeben hatten.

Nach einiger Zeit sah er immer weniger Boote auf dem See. Scheinbar war die Zeit der Meditation vorbei und alle machten mit ihren täglichen Arbeiten weiter. Oder was auch immer die Feen machten, wenn sie nicht meditierten. Bevor er sich weiter Gedanken darüber machen konnte, erschien vor ihm ein riesiges Schiff. So mussten die alten Schlachtschiffe im 18ten und 19ten Jahrhundert ausgesehen haben. Vor allem aus der Perspektive eines kleinen Ruderbootes.

Onanga drückte ihn ein bisschen fester auf die Schultern. „Du kannst mit dem Rudern jetzt aufhören. Wir sind am Ziel angekommen. Dort auf dem Schiff wohnt unsere Königin. Du bist ihr Gast."

Er spürte, wie ihm nach dieser überraschenden Information das Adrenalin in die Blutbahnen schoss. Er hatte keine Lust irgendeine Königin kennen zu lernen. Er wollte doch einfach nur mit Onanga zusammen sein. Und wenn er sie bis ans Lebensende mit dem Boot über den See gefahren hätte.

Onanga fing an, mit ihren Daumen seinen Nacken zu massieren. Schon bei den ersten Bewegungen löste sich seine Anspannung. Er hatte das Gefühl, dass von seinem Nacken aus ein warmer, unglaublich angenehmer Schwall von Geborgenheit in seinen Körper floss.

Was sollte die Aufregung? Warum überhaupt wollte er die Königin nicht kennen lernen? Welcher Mensch konnte schon von sich sagen, dass er mal Gast einer Königin gewesen ist? Noch zudem der Königin der Feen. Es würde danach bestimmt noch viele ruhige Momente mit Onanga geben.

Das kleine Ruderboot hatte inzwischen neben dem mächtigen Segelschiff angelegt. In Erwartung eines Seiles oder einer Strickleiter, die sicherlich jemand herunterwerfen würde, schaute er nach oben. Natürlich, dachte er, als er sah, wie sich die Reling des Segelschiffes näherte. Es war ja viel einfacher, wenn das kleine Ruderboot hochgezogen wurde. Wie hätte so ein elegantes und schönes Wesen, wie Onanga auch an einem Seil die Bordwand hoch klettern können.

Auf dem Deck wurden sie von neugierigen Blicken anderer Feen empfangen. Alle schienen sich darüber zu freuen, dass er an Bord gekommen war. Onanga, die ihn jetzt wieder an der Hand führte, zeigte ihm den Weg zur Kapitänskajüte. Als sich die Türe öffnete, stellte er fest, dass die erwartete kleine, enge Kajüte, ein großer gemütlicher Raum war. In dem Moment, in dem sie den Raum betraten, standen mit Ausnahme der Königin alle von ihren Plätzen auf und vollführten eine Verbeugung.

Onanga führte ihn bis an das Kopfende des Tisches zur Königin.

„Möchtest du meine Mutter begrüßen?"

Nachdem er einen kurzen erstaunten Blick auf Onanga geworfen hatte, verbeugte er sich vor der Königin und hoffte, dass irgendetwas passieren würde, das ihm klar machen würde, was er als nächstes tun sollte.

Onanga zog ihn mit einer sanften Bewegung wieder hoch. Er war sich sicher dabei wieder dieses wunderbare helle Lachen zu hören. Als er in die Augen der Königin blickte, wusste er nicht, wie er deren Blick deuten sollte. Es war irgendeine Mischung aus Sorge und Belustigung. Wahrscheinlich war seine tölpelhafte Begrüßung der Grund für die Belustigung und die Amtsgeschäfte der Grund für die Sorge. Königinnen hatten natürlich immer irgendeinen Grund zur Sorge.

Schon als er in den Raum getreten war, war ihm aufgefallen, dass er ganz im Stil der Feen gekleidet war. Natürlich trug er keine Frauenkleider. Aber eben auch keine Jeans. Er war ebenso, wie Onanga mit einem mittelalterlich anmutendes Kostüm bekleidet. Alles passte hervorragend. Wann er die Kleidung angezogen hatte wusste er nicht. Es war ihm auch vollkommen egal. Viel spannender war, was als nächstes passieren würde.

Sein Platz war zwischen der Königin und Onanga. Er hatte keine Idee, wie er zu der Ehre gekommen war. Vielleicht, weil Onanga mit ihm befreundet war und weil er sich ohne die Nähe von Onanga, die noch immer seine Hand hielt, verloren fühlen würde. Auf dem Teller vor ihm sah er sein absolutes Lieblingsgericht. Rotkohl mit Hackbällchen und Semmelknödeln. Dazu eine wunderbare dunkle Sauce.

Das, was Onanga und die anderen aßen, konnte er beim besten Willen nicht identifizieren. Es sah irgendwie nach vegetarischem Essen aus. Mehr konnte er nicht erkennen. Jedenfalls schien es allen wunderbar zu schmecken. Während des gesamten Essens hörte er ein leichtes Flirren, dessen Ursprung er nicht wahrnehmen konnte. Den Gesichtern und Gesten nach zu urteilen, waren überall am Tisch Unterhaltungen entstanden. Nur konnte er keine Worte ausmachen. Scheinbar verfügten die Feen über andere Fähigkeiten der Kommunikation, als er es sich vorstellen konnte. Erst nachdem alle gegessen hatten, hörte er wieder die Stimme in seinem Kopf.

„Ich hoffe, dass dir deine Speise gut geschmeckt hat. Wir werden jetzt noch ein bisschen unterhalten. Bleib einfach auf deinem Platz sitzen und genieße."

Kurz danach kamen mehrere, mit vielen Schmuckstücken noch schöner gemachte Feen in den Saal. Sie gingen mit leichten, fast schwebenden Bewegungen auf die Bühne und fingen an, sich in einem Rhythmus zu bewegen, den er zwar nicht hören, aber irgendwie am gesamten Körper spüren konnte. Wie das ging, war ihm nicht klar. Er hatte aber auch keine Lust darüber nachzudenken.

Während des Tanzes legte die Königin ihre Hand auf seine. Er bekam das zunächst gar nicht mit, da er mit allen Sinnen auf die Tänzerinnen konzentriert war. Erst als wieder eine Stimme in seinem Kopf war, die sich von der unterschied, die er immer dann hörte, wenn er mit Onanga zusammen war, bemerkte er die Hand.

„Du bist ein guter Mensch. Onanga hat eine gute Wahl getroffen."

Er hatte keine Ahnung, was die Königin genau meinte. Natürlich war er über jede Minute froh, die er an der Seite von Onanga verbringen konnte. Nur war ihm natürlich auch klar, dass dies nicht… Ja, was eigentlich nicht? Er blieb in seinem Gedanken hängen. Was sollte nicht gehen oder was sollte gehen? Er wusste es nicht. Ihm würde es doch schon reichen, wenn Onanga auch in Zukunft an den Wochenenden aus dem See steigen würde. Begleitet von diesem hellen fernen Lachen hörte er wieder die Stimme der Königin.

„Natürlich bist du verwirrt. Es geschieht nicht häufig, dass wir einem Menschen unsere Welt zeigen."

Hatte er einfach nur Glück? Hatte ihn Onanga zufällig entdeckt? Er hatte keine Idee.

„Wir leben hier in großer Harmonie und Freude. Aber, so wie alle Kreaturen müssen auch wir von irgendwo unsere Energie beziehen. So, wie ihr Menschen ohne Essen und Trinken nicht leben könnt, so haben auch wir eine Energiequelle."

Warum erzählte sie ihm das? Statt sich über Energiequellen zu unterhalten, hätte er viel lieber weiter den Tänzerinnen zugeschaut. Nur wollte er der Königin gegenüber nicht unhöflich sein. Also schaute er weiterhin zu ihr. Sie erwiderte seinen Blick freundlich. Er hatte den Eindruck, dass ihre Augen tief in ihn hineinschauen konnten. Gerade so, als ob er nichts vor ihr verbergen könnte.

„Haben dir die Tänzerinnen gefallen?"

Natürlich hatten sie das. Der Königin konnte kaum entgangen sein, dass er um sich herum gar nichts anderes mehr wahrgenommen hatte.

„Möchtest du noch öfter von uns eingeladen werden?"

Noch so eine Frage, die in Form eines Gedanken in seinen Kopf gekommen war. Am liebsten würde er gar nicht mehr fortgehen. Er würde gerne noch viel mehr über das Volk erfahren. Die unglaublichen Farbkompositionen am Horizont in sich aufsaugen. Onangas Hände auf seinen Schultern spüren. Sich Dinge zeigen lassen, die ihm noch nicht einmal im Traum einfallen würden.

Die Tänzerinnen waren inzwischen wieder verschwunden. Auch die anderen Tischgäste hatten den Saal verlassen. Er saß mit der Königin und Onanga alleine an der großen Tafel.

„Wirst du uns helfen?"

Natürlich würde er helfen. Schon alleine deshalb, weil es bei den Feen so unglaublich schön war.

„Dann sei es so."

Onanga zog ihn sanft von seinem Stuhl und führte ihn aus dem Saal zum Deck des Schiffes. Als sie an der Reling standen, musste er nur noch einen Schritt machen, um auf seinem Steg zu stehen.

Das Amulett

Seit er das erste Mal mit Onanga unterwegs gewesen war, trug er dieses wunderbare, mystische Tattoo im Nacken. Es überraschte ihn nicht, dass er auch nach seiner zweiten Reise ein Andenken trug.

Das Amulett war aus einem schweren, metallenen Material gefertigt und hing an einer aus dem gleichen Material hergestellten Kette um seinen Hals. Das Amulett stellte, so wie sein Tattoo, vermutlich irgendetwas aus der Welt der Feen dar. Wenn Onanga ihn wieder abholen würde, musste er unbedingt einen Weg suchen, sie danach zu fragen. Am liebsten, hätte er das Amulett abgenommen, um es besser betrachten zu können. Aber, so sehr er auch suchte, er fand keinen Verschluss an der Kette und da die Kette zu kurz war, um sie ungeöffnet über den Kopf streifen zu können, musste er sich mit dem Spiegel begnügen. Immerhin konnte er dabei feststellen, dass das Amulett häufig seine Farbe änderte. Insgesamt war es zwar immer recht dunkel, aber er konnte deutlich erkennen, dass es mal bläulich und mal violett oder rot erschien. So, als ob die Farbspiele, die er bei den Reisen mit Onanga gesehen hatte, von dem Amulett wiedergegeben würden.

Natürlich fiel es seiner Kollegin Janette sofort auf.
„Komm schon. Erzähl. Du hast eine Freundin mit einer Vorliebe für Mystisches."
Erwartungsvoll schaute sie ihn an.
„Okay. Lässt sich wohl kaum leugnen."
„Warum auch? Ich freu mich für dich."
„Schön."
Nach einer kurzen Pause drehte sich Janette wieder zu ihm hin.
„Und mehr willst du mir nicht über deine Freundin erzählen? Ihr Männer seid doch irgendwie alle nur die großen Schweiger. Ich gehe jede Wette mit dir, dass sie mit ihren

Kolleginnen und Freundinnen kein anderes Thema mehr hat, als dich."
„Möglich. Ja stimmt. Ich würde dir auch gerne mehr erzählen. Aber ich muss mich erstmal selber ein bisschen sortieren. Können wir das auf später verschieben? Vielleicht nächste Woche?"
„Wir habe heute Montag?! Erzähl mir doch nichts. Ihr werdet euch doch direkt nach der Arbeit wieder treffen. Es gibt doch gerade am Anfang einer Beziehung jeden Tag etwas Neues und Aufregendes."
„Aber ich sehe sie erst am Wochenende wieder."
„Du hast eine neue Freundin und ihr fangt direkt mir einer Wochenendbeziehung an?"
„Ja. Schon. Dafür sind die Stunden, die wir zusammen sind aber wirklich unvergleichlich schön."
Janette sah ihn auffordernd an. Er wusste einfach nicht, was er ihr sagen sollte. Jedenfalls konnte er ihr nicht einfach mal so erzählen, was an den Wochenenden wirklich passierte. Denn wenn man das nicht selber erlebte, dann war es mit Sicherheit einfach nur Phantasie und nicht mehr. Glücklicherweis erlöste ihn das Telefon.

Anders als sonst, fuhr er nach der Arbeit nicht in seine kleine Wohnung, sondern raus zum See. Auf dem Weg dorthin, zwang er sich dazu in einem Schnellimbiss etwas zu essen und sich mit ein paar Lebensmitteln zu versorgen. Als er dann endlich auf dem Steg saß begann gerade das Schauspiel der Abenddämmerung. Er hüllte sich in seine Decke, lehnte sich behaglich zurück und hoffte darauf, dass sie kommen würde.

Er dachte an das letzte Erlebnis mit Onanga. Während er mit dem Amulett spielte, überlegte er, was die Königin eigentlich gemeint haben konnte, als sie ihn um seine Hilfe gebeten hatte. Sie und ihr Volk machten auf ihn nicht im Geringsten den Eindruck, als ob sie die Hilfe von wem auch immer brauchen würden. Alles, was er gesehen hatte, war in perfekter Harmonie. Wo also war das Problem?

„Es gibt mächtige Feinde. Um diese zu bekämpfen, brauchen wir Verbündete."

Vor lauter Schreck über die Stimme, ließ er das Amulett los und sprang von seinem Stuhl auf. Die Stimme hatte er auf genau die gleiche Weise gehört, wie vorher die von Onanga und der Königin. Nur war keiner der beiden da. Er war noch immer vollkommen alleine auf seinem Steg. Nachdem er sich von seinem ersten Schrecken erholt hatte, schaute er sich nochmals genauer um. Es gab noch genug Licht, um alles klar zu erkennen. Er legte sich sogar bäuchlings auf den Steg und schaute, ob sich vielleicht jemand darunter verbarg. Nichts. Er war alleine. Wo konnte dann aber die Stimme hergekommen sein?

Er blieb regungslos stehen und horchte in die aufkommende Nacht hinein. Außer den Geräuschen der Natur konnte er nichts hören. Erst recht keine Stimme.

Schließlich setzte er sich wieder auf seinen Platz zurück und hüllte sich in die Decke. Die Art und Weise, wie er die Stimme von Onanga hören konnte, war schon irritierend genug. Wenn er genau darüber nachdachte, dann konnte er nur lächelnd den Kopf darüber schütteln, dass er, nur weil Onanga nie direkt mit ihm geredet hatte, selber ebenfalls nie direkt das Wort an sie gerichtet hatte. Eigentlich total dämlich. Andererseits, wenn er genau darüber nachdachte, dann hatte er sich doch irgendwie mit ihr unterhalten. Jedenfalls hatten ihre Antworten immer zu dem gepasst, was ihm gerade in dem Moment durch den Kopf gegangen war.

Gedankenverloren hatte er das Amulett wieder in die Hand genommen. Möglicherweise konnten die Feen ja tatsächlich Gedanken lesen. Also nicht nur an der Körperhaltung und der Mimik ablesen, sondern richtig an der Quelle. Das würde zumindest erklären, warum diese einseitigen Unterhaltungen mit Onanga gar nicht so einseitig waren.

„Willst du uns helfen?"

Diesmal erschrak er nicht. Fast hatte er damit gerechnet, dass die neue Stimme bald zurück kommen würde. Das mit der Hilfe schien den Feen tatsächlich ein großes Bedürfnis zu sein. Natürlich stand er zu seinem Wort. Wenn es in seiner Macht stand, dann würde er helfen. Im gleichen Moment stieg Onanga aus dem Wasser und reichte ihm die Hand.

„Ich werde dich führen", hörte er ihre vertraute Stimme sagen.

Sanft zog sie ihn zum Ende des Steges. Statt jedoch ins Wasser zu fallen, ging er an ihrer Hand, wie auf einer Rampe langsam in den See hinein. Als er erstaunt nach unten schaute, sah er tatsächlich einen Weg unter seinen Füßen.

„Es ist gut, dass du die Magie des Amuletts erkannt hast. Du bist ein gelehriger und ideenreicher Mann. Das sind Fähigkeiten, die du brauchen wirst, um die Aufgabe bestehen zu können, die auf dich wartet."

Die Löwin

Zum ersten Mal konnte er das Farbenspiel um ihn herum nicht in vollen Zügen genießen. Was hatte sie mit der Magie des Amuletts gemeint? War es am Ende so, dass er es nur anfassen musste und schon konnte es eine Verbindung zu seinen Gedanken aufbauen?

Zur Probe griff er nach dem Schmuck. Statt der Stimme kam aber wieder nur dieses helle freudige Lachen. Diesmal musste er ebenfalls lachen. Für die Feen war es mit Sicherheit sehr lustig, ihn dabei zu beobachten, wie er sich ohne die geringste Ahnung zu haben, in deren Welt bewegte. Aber was sollte er auch sonst machen? Ohne probieren und nachdenken, würde er nie verstehen, was um ihn herum geschah.

Er ließ das Amulett wieder los und schaute um sich. Sie hatten den See schon lange verlassen und gingen jetzt durch eine Schilflandschaft. Überall um sie herum lag Nebel auf dem Gelände. Das wunderbare, mystische Farbenspiel konnte er nur hinter den wabernden Massen erahnen. Jegliche Orientierung durch Bäume, Felsen oder andere Landschaftsmarken fehlte vollständig. Sie gingen noch nicht einmal auf einem festen Weg. Ihm wurde klar, dass er ohne Onanga niemals wieder hinausfinden würde. Gleichzeitig musste er anfangen zu lachen. Natürlich hätte er keine der Reisen ohne Onangas Hilfe beenden können. Was störte es ihn dann, dass er jetzt keine Orientierungspunkte sah?

Bei den anderen Reisen hatte sich die Umgebung manchmal unerwartet geändert. Er hoffte darauf, dass es diesmal auch so kommen würde. Nur blieb das leider aus. Stattdessen kamen sie immer tiefer in den Schilf und den Nebel hinein. Inzwischen gingen sie sogar schon durch moderigen Schlamm. Es fehlte nicht mehr viel und sie würden sich in einem richtigen Moor wiederfinden. Wie zum Ausgleich für den schlechten Weg wurde das Farbspiel, das zuvor von dem Nebel abgedeckt war, intensiver. Er hatte den Eindruck, dass der Nebel selber eingefärbt war. Die Farben mischten sich in allen Varianten. Manchmal hatte er sogar den Eindruck, dass richtige Lebewesen an ihm vorbeihuschten. Da sich Onanga die ganze Zeit ruhig neben ihm bewegte und seine Hand hielt, kam er gar nicht erst auf die Idee, dass von dieser morastigen Landschaft irgendeine Gefahr ausgehen könnte.

Plötzlich öffnete sich die Nebelwand vor ihnen und sie standen am Fuß eines hohen Berges.

„Von hier an musst du den Weg selber finden. Dein Ziel ist der Gipfel dieses Berges."

Er schaute Onanga erstaunt an. Sie wollte ihn doch jetzt nicht wirklich alleine diesen Berg hoch schicken? Ihn, der doch noch keine Ahnung davon hatte, wie hier alles funktionierte.

Onanga lachte ihn zur Antwort an und legte dann, wie in gespieltem Bedauern den Kopf ein wenig schief.

„Du hast in deinem Leben schon so viele Dinge gemeistert, von denen du keine Ahnung hattest. Dann wirst du doch wohl noch in der Lage sein, diesen Berg hoch zu steigen."

Sie lächelte ihn noch einmal an und ließ ihre Stimme so etwas wie, „bis bald mein Freund", flüstern. Genau konnte er es nicht mehr verstehen. Bevor er einen weiteren Gedanken fassen konnte, war sie im Nebel verschwunden. Natürlich war er im ersten Moment versucht, ihr hinterher zu laufen. Allerdings hielten ihn dann zwei Dinge davon ab. Zum einen fand er es albern, so etwas Sinnloses zu tun – seine Chancen, sie zu finden war nahezu Null – und zum anderen hatte sie ihm ihr Vertrauen ausgesprochen. Sie glaubte daran, dass er den Weg zum Gipfel des Berges finden würde. Warum also stand er jetzt noch in der Gegend herum?

Schon beim ersten Schritt, den er machte, merkte er, dass er passend für seine Aufgabe solide Bergschuhe und auch ansonsten sehr gute und funktionale Kleidung trug. Also ging er einfach weiter und beschloss ganz entspannt auf das zu warten, was ihm bei der Wanderung begegnen würde.

Die ersten Höhenmeter führten über eine Geröllhalde, deren Steine so locker saßen, dass er den Eindruck hatte für drei Schritte nach oben mindestens einen Schritt nach unten zu rutschen. Da er aber vielleicht hundert Meter über sich schon das Ende des Gerölls sah und da er sich zudem fühlte, als ob er über unerschöpfliche Kräfte verfügte, ging er einfach im gleichbleibenden Tempo immer weiter. Dabei konzentrierte er sich nur auf seine direkte Umgebung.

Am Ende des Geröllfeldes fand er so etwas, wie einen Weg, der den Berg in leichter Steigung weiter hoch führte. Bevor er den Weg ging, drehte er sich noch einmal um. Der Berg schien wie eine Insel in einem Meer aus Nebelwolken und Schilf zu stehen. Aus der Höhe betrachtet, hatte der Nebel sein Farbspiel aufgegeben. Er hatte damit jegliche Magie verloren und hätte genauso gut ein ganz gewöhnlicher Nebel sein können, wie er ihn schon zig Male gesehen hatte. Die inzwischen am Himmel stehende Sonne fing bereits an, die ersten Löcher in den Nebel zu brennen.

Der Weg führte ihn mit leichter Steigung immer weiter den Berg hoch. Wenn dieses seltsame Schilfmeer nicht gewesen wäre, durch das ihn Onanga geführt hatte, dann hätte er sich wie auf einer Allerweltstour in den Alpen gefühlt.

„Du bist aber nicht auf einer Allerweltstour in den Alpen."

Im ersten Moment war er über die plötzlich aufgetauchte Stimme noch erschrocken, dann war ihm aber klar, dass das Amulett natürlich noch immer um seinen Hals hing. Warum also, sollte es nicht in der Lage sein, sich mit ihm auf diese seltsame einseitige Weise zu unterhalten.

„Liege ich richtig, wenn ich sage, dass du eigentlich überhaupt nicht weißt, weshalb du diesen Berg hochsteigst?" wollte das Amulett wissen.

Natürlich wusste er, warum er den Berg hochstieg. Onanga hatte ihn darum gebeten. Nur... Tja, was wollte er eigentlich da oben auf dem Berg? Das Amulett hatte recht. Er wusste es nicht. Andererseits würde sich schon irgendwas ergeben. Er konnte sich nicht vorstellen, dass sie ihn ohne Grund losgeschickt hatte.

„Auf dem Gipfel ist ein kleiner Kasten", erklärte das Amulett mit einem etwas gelangweilten Unterton. „In dem Kasten liegt ein altes Buch. Das sollst du Onanga bringen. Eigentlich ganz einfach."

Das hörte sich tatsächlich einfach an. Während er weiterhin Meter um Meter höher stieg, überlegte er, was an dem Buch so wichtig sein konnte und warum Onanga es nicht einfach zusammen mit ihm holte. Schließlich hatte sie die Fähigkeit an allen möglichen Orten aufzutauchen. Gerade so, als ob Entfernungen für sie nicht existieren würden. Bevor er in seinen Gedanken weiter kam, hörte er Pferdehufe. Eigentlich war der Weg, auf dem er inzwischen ging, für Pferde nicht mehr so gut geeignet. Er war inzwischen in einem steilen Waldstück angekommen, durch das ein schmaler, teilweise felsiger Pfad führte. In der Erwartung, dass er das Pferd und den Reiter bald sehen würde, blieb er stehen und schaute den Berg hoch.

Tatsächlich kam bald ein großes stämmiges Pferd in sein Blickfeld. Es wurde von einem alten Waldarbeiter an der langen Leine geführt und zog einen Baumstamm hinter sich her. Abwartend schaute er sich an, wie der Waldarbeiter das Pferd weiter bewegte. Der Weg selber war mit der Last des Baumstammes viel zu steil. Scheinbar gab es eine Quertrasse, auf der das Pferd geführt wurde. Als der Waldarbeiter ihn sah, hielt er das Pferd an.

„Hallo Fremder. Wohin des Weges?"

„Zum Gipfel. Bin ich auf dem richtigen Weg?"

Der Mann zögerte einen Moment, bevor er ihm eine Antwort gab.

„Das bist du. Noch eine Stunde vielleicht, dann solltest du den Gipfel schon sehen können. Wann du da bist, weiß ich allerdings nicht."

„Warum? Wie lange würdest du denn brauchen, bis du da bist?"

„Ich bin nur ein einfacher Waldarbeiter. Hier im Bergwald mit meinem Rückpferd bin ich sicher. Niemand stört mich bei der Arbeit. Wieso sollte ich auf den Gipfel steigen?"

So sind sie, dachte er sich. Dieser Waldarbeiter lebt in einer wunderbaren Natur und hat doch keinen Blick für deren Schönheit.

„Vielleicht hat man von dort oben eine schöne Aussicht." Der Waldarbeiter schaute ihn verwundert an. Dann wendete er sich ab und trieb sein Pferd, das während des Gespräches geduldig gewartet hatte, wieder an.

„Man sagt, der Berg sei verhext. Besser, du gehst nicht hoch", rief er noch über die Schulter, bevor er aus dem Blickfeld verschwand.

„Was meinst du mit verhext? So etwas gibt es doch gar nicht!" rief er dem Waldarbeiter über die Geräusche zu, die die Zugketten und der wieder in Bewegung geratene Baumstamm machten.

Er bekam keine Antwort mehr. Pferd und Arbeiter entfernten sich schnellen Schrittes. Fast kam es ihm so vor, als ob der Waldarbeiter Angst davor hatte, sich noch weiter mit ihm zu unterhalten. Die Frage, warum das so war, konnte er sich nicht beantworten. Schließlich ging er kopfschüttelnd weiter. Sollte der alte Mann doch ruhig an Geister oder solche Sachen glauben. Er selber jedenfalls lebte in einer aufgeklärten Welt. Dort gab es keinen Platz für Geister. Alles hatte eine natürliche Erklärung.

Er verfolgte den Gedanken noch bis er die Baumgrenze erreicht hatte, an der der Wald schlagartig aufhörte. Wenn er es genau betrachtete, sah die Baumgrenze normalerweise ein bisschen anders aus. Der Wald hätte langsam lichter werden müssen, die Bäume kleiner und knorriger, bis es schließlich kein Baum mehr schaffte, zu gedeihen. Hier aber war eine Grenze, die wie vom Lineal gezogen wirkte.

Wegen der fehlenden Bäume konnte er jetzt endlich einen Blick zum Gipfel des Berges werfen. Nach seiner Schätzung waren es höchstens noch zweihundert Höhenmeter. Der Weg bis zum Gipfel sah außerdem sehr leicht aus. Nirgendwo konnte er eine Stelle erkennen, an der er vielleicht hätte klettern müssen. Die Antwort des Waldarbeiters wurde für ihn damit nur umso unverständlicher. Die Sonne stand inzwischen hoch am Himmel und konnte jetzt, wo er aus dem Wald getreten war, ihre volle Kraft entfalten.

Er machte sich mit Blick auf den Gipfel auf den Weg. Dabei kam er nicht ganz so schnell vorwärts, wie er gedacht hatte. Da es keinen ausgetretenen Pfad gab, musste er gut aufpassen, wie er seine Füße auf dem felsigen Untergrund setzte.

„Am besten wäre es, wenn du es einfach ignorierst", meldete sich das Amulett zu Wort.

Er hatte keine Ahnung wovon das Amulett sprach. Gerade, als er überlegte, ob das Amulett jetzt vielleicht genauso anfangen würde, wie der Waldarbeiter, zog an seiner Seite ein großes schlauchartiges Gebilde vorbei. Es überholte ihn geräuschlos und legte sich dann in ein paar Metern Entfernung quer vor ihn.

Erschrocken blieb er stehen und drehte sich um, um zu sehen, wo dieses Ding seinen Anfang hatte. Ein Stück weiter unten, wo er noch vor ein paar Minuten aus dem Wald getreten war, erhob sich eine riesige quabbelige Masse, aus der mehrere dieser langen Schläuche herausschauten.

„Besser du gehst weiter", empfahl ihm das Amulett mit sehr entspannter Stimme. „Das ist so eine Art von Tintenfisch. Du gehörst nicht zu seinem Beutemuster."

Zum ersten Mal, seitdem Onanga Kontakt zu ihm aufgenommen hatte, fing er an, darüber nachzudenken, wo das, was er erlebte, eigentlich hin führen sollte.

„Du solltest jetzt wirklich weitergehen. Sonst fängt dieses quabbelige Ding an, mit dir zu spielen. Nicht, dass mir das ein Problem macht, aber bei dir ist das dann doch eher schlecht."

Obwohl die Stimmlage des Amuletts meilenweit von dem Anschein einer Panik entfernt war, drang die Botschaft weit genug in ihm vor, um ihn dazu zu bringen weiter Richtung Gipfel zu gehen. Allerdings wurde ihm sofort klar, dass er nach ein paar Schritten direkt vor dem schleimigen Tentakel des Tintenfisches stehen würde. Alleine der Gedanke über die glitschige Masse klettern zu müssen, war ihm schon zuwider.

„Einfach ignorieren", empfahl ihm das Amulett. Diesmal hörte es sich so an, wie jemand, der den gleichen Satz mindestens hundert Mal am Tag sagen musste.

Wie konnte er so ein fieses Ding einfach ignorieren? Was hieß das denn überhaupt? Sollte er so tun, als ob es nicht da wäre?

„Korrekt."

So langsam er seine Schritte auch gesetzt hatte, er konnte nicht verhindern dann tatsächlich den letzten Schritt zu machen, der ihn ohne Zweifel in Kontakt mit dem Tentakel bringen würde. Erstaunlicherweise spürte er nichts.

„Weitergehen. Hier gibt es nichts zu sehen."

Das Amulett schien sich zu amüsieren.

Noch während er so langsam verstand, dass der Tentakel gar nicht so real war, wie er geglaubt hatte, machte er den nächsten Schritt, mit dem er mitten in der wabbeligen Masse stehen musste. Auch dieser Schritt viel ihm so leicht, wie alle anderen Schritte zuvor. Der Tintenfisch mit seinen Tentakeln schien tatsächlich nicht zu existieren. Pure Einbildung.

Nachdem er den Tentakel endgültig hinter sich gelassen hatte, drehte er sich nochmals um und konnte nur noch den Waldrand sehen. Von dem Tintenfisch war keine Spur mehr vorhanden.

„Cool. Das hast du schon mal gut gemacht. Wollen wir mal sehen, wie es weiter geht."

Er musste über den Spruch des Amuletts grinsen. Das schien tatsächlich so etwas wie eine Persönlichkeit zu entwickeln. Ihm sollte es recht sein. Das war schließlich tausendmal besser, als wenn er immer nur trockene Kommentare bekommen hätte, die auch aus einer Bedienungsanleitung hätten sein können.

Während er weiter Richtung Gipfel ging, überlegte er, was er aus der Begegnung mit dem Tintenfisch lernen sollte. Mehr als ‚Glaube nicht alles, was du siehst' fiel ihm dazu allerdings nicht ein. Wie auch? Schließlich hatte er von dieser seltsamen Welt, in die er geraten war, immer nur ganz kleine Bruchstücke gesehen. Onanga war sicherlich von ihrer Kindheit an mit diesen Phänomenen aufgewachsen und konnte sie deshalb natürlich viel besser einschätzen. Vielleicht hatte sie ja sogar auch dafür noch eine spezielle Fähigkeit. So wie sie problemlos von Ort zu Ort kommen konnte, ohne sich um die Entfernung zu kümmern.

Nachdem er eine kleine Kuppe überschritten hatte, konnte er das erste Mal einen vollkommen freien Blick auf die Bergspitze werfen. Irgendjemand hatte ein wirklich imposantes Gipfelkreuz aufgestellt. Er versuchte die Entfernung bis zum Gipfel einzuschätzen und kam zum Schluss, dass das Kreuz wirklich gigantisch sein musste.

„Mach dir wegen dem Kreuz keinen Kopf. Das sieht nur so groß aus, weil der Gipfel so klein ist. Rein praktisch ist der nämlich gar nicht mehr so weit weg, wie du denkst. Optische Täuschung. Nur eine optische Täuschung."

Aha. Wenn er dem Amulett glauben schenken wollte, dann war er also kurz vor dem Ziel. Bei diesem Gedanken beschleunigte er seinen Schritt. Je eher er dieses komische Buch finden würde, um so eher wäre er wieder bei Onanga.

Tatsächlich merkte er ziemlich schnell, dass das Amulett mal wieder recht gehabt hatte. Fast glaubte er schon, dass der Gipfel bei jedem Schritt deutlich näher kam. Er konnte schon die ersten Einzelheiten erkennen.

Plötzlich tauchte hinter dem Gipfel der riesige Kopf einer Löwin auf. Durch die Erfahrung mit dem Tintenfisch abgehärtet, währte der Schreck nur wenige Sekunden. Er würde sich kein zweites Mal von so einer komischen Sinnestäuschung ängstigen lassen.

„Oh. Oh. Das ist jetzt mal schlecht", meldete sich das Amulett zu Wort. „Leider muss ich dir mitteilen, dass dieser Kopf zu etwas sehr Realem gehört. Ich an deiner Stelle wäre ein bisschen vorsichtig."

Als ob er gegen eine unsichtbare Wand gelaufen wäre, blieb er schlagartig stehen. Wenn der Kopf in der Größe tatsächlich echt war, dann wollte er nicht wissen, wie groß das Tier war, zu dem der Kopf gehörte. Vermutlich so groß, dass ein Tyrannosaurus Rex mal gerade fürs Frühstück ausgereicht hätte.

„Jetzt werd mal nicht panisch. Hast du denn als Kind nie Märchen und phantastische Geschichten gelesen? Irgendeine Lösung gibt es doch immer. Du musst nur einfach mal ein bisschen kreativ werden."

Wie sollte er denn jetzt kreativ werden? Er stand in der Nähe eines riesigen Ungetüms, das sich jeden Moment auf ihn stürzen konnte. Selbst weglaufen wäre keine gute Idee. Die Riesenlöwin machte vermutlich mit einem Satz an die hundert Meter. Was also konnte er tun, um dem Ungetüm zu entgehen?

Wenn er ein Zauberer wäre, würde er die Löwin einfach einschlafen lassen und in Ruhe das Buch holen. Er war aber kein Zauberer.

Wenn er ein heldenhafter Ritter wäre, dann würde er sie mit der Lanze erstechen und sich danach feiern lassen. Er war aber kein Ritter und er hatte auch keine Lanze.

Andererseits. Wer sagte denn überhaupt, dass die Löwin nichts anderes im Kopf hatte, als ihn zu essen? Vielleicht war sie sogar Vegetarierin. Wer weiß das schon?

Als Antwort auf diese Überlegung hörte er schallendes Gelächter in seinem Kopf. Es war fast so, als ob nicht nur das Amulett, sondern noch einige andere die Gedanken in seinem Kopf lesen würden. Wahrscheinlich saßen die jetzt gemütlich bei einem Bierchen zusammen und amüsierten sich über ihn.

Statt sich schlapp zu lachen, hätten die auch mal mit ein paar nützlichen Tipps um die Ecke kommen können.

„Pfeffer auf die Schwanzspitze streuen!"

„In den Schlaf singen!"

„Warten, bis sie abgekratzt ist!"

„Hypnotisieren! Erklär ihr, dass sie ein kleines Lamm ist!"

Jeder der Vorschläge wurde mit schallendem Gelächter honoriert.

„Das war ein schlechte Idee", bemerkte das Amulett. „Man sollte die Zuschauer niemals fragen. Am besten du ignorierst die."

Noch immer stand er am gleichen Fleck und schaute in das Gesicht der Löwin. Er überlegte, wie lange er schon so da stand. Ein paar Sekunden oder schon ein paar Minuten? Erfahrungsgemäß war das Zeitgefühl das erste, was verloren ging, wenn man in extremen Gefahrensituationen war. Es war also anzunehmen, dass noch nicht viel Zeit vergangen war.

Trotzdem. Die Löwin hatte sich noch nicht bewegt. Vielleicht war sie ja doch nur eine Attrappe. Anders als der Tintenfisch. Das schon. Aber trotzdem genauso harmlos. Er setzte vorsichtig einen Schritt in Richtung des Gipfels. Dabei ließ er die Löwin nicht aus den Augen. Er wollte jedes Zucken und jede noch so kleine Bewegung des Tieres mitbekommen. Er hatte auch gar nicht vor die Löwin irgendwie zu nerven oder gar zu töten. Er wollte einfach nur ganz friedlich zum Gipfel und das Buch holen.

Nach zwei weiteren Schritten, wurde er mutiger und ging etwas schneller. Noch immer hatte die Löwin keine Regung gezeigt. Je näher er kam, umso harmloser sah sie aus. Es war nicht so, dass sie auf einmal kleiner wurde oder ähnliches. Sie sah nur irgendwie harmloser aus. Fast so, als ob sie keine richtige Löwin, sondern nur ein Kuscheltier war. Zwar eines im XXL-Format, aber trotzdem nur ein Kuscheltier. Aus Watte und Stoff. Absolut harmlos.

Er musste nur noch zwei Schritte machen um endgültig am Gipfelkreuz zu stehen. Der Kopf der Löwin war dementsprechend auch nur noch ein paar Meter entfernt. Und jetzt aus dieser großen Nähe konnte er gut erkennen, dass es sich tatsächlich um ein Kuscheltier gigantischen Ausmaßes handelte. Absolut ungefährlich.

Direkt neben dem Gipfelkreuz stand ein kleines Schränkchen. Er öffnete die Türe und sah das Buch vor sich. Als er hineingriff, warf er nochmals einen Blick auf die Löwin und erstarrte in seiner Bewegung. Das Tier hatte jetzt beide Augen, die zuvor halb geschlossen waren, weit geöffnet. Und nicht nur das. Die sehr lebendig wirkenden Augen fixierten ihn.

Da er das Buch bereits gegriffen hatte, zog er die Hand mit dem Buch langsam wieder aus dem Schränkchen heraus. Jetzt wäre ein Tipp vom Amulett wirklich sehr hilfreich gewesen. Aber es kam nichts.

„Nun", meinte die Löwin mit ruhiger, tiefer Stimme. „Wen haben wir denn hier?"

Noch immer starrte er mit dem Buch in der Hand sprachlos auf die Löwin.

„Na? Haben wir das Sprechen verlernt? Nimm dir ruhig Zeit. Atme tief durch. Das nimmt dir den Druck. Danach wirst du wohl in der Lage sein, zu sprechen. Man will seinem Delinquenten schließlich eine faire demokratische Chance geben."

„Ich wünsche Ihnen einen wunderschönen Tag, Frau Löwin."

Es war das Einzige, was ihm in den Kopf gekommen war. Noch während er den Satz sagte, dachte er intensiv daran, dass Hilfe vom Amulett jetzt wirklich gerne genommen würde.

„Oh", die Stimme der Löwin wurde fast zu einem Säuseln, „da haben wir ja ein wirklich gut erzogenes Exemplar der Menschen vor uns. Wenn ich an dein nahendes Ende denke, dann kommen mir schon fast die Tränen."

Er musste sich vor der Antwort erstmal ausgiebig räuspern, was die Löwin mit einem geduldigen Blick begleitete. Dann fragte er mit unsicherer Stimme:

„Liege ich mit der Annahme richtig, dass das Buch das Problem ist? Selbstverständlich bin ich gerne bereit, es wieder zurückzulegen."

„Das ist wirklich nobel von dir. Das Buch ist aber nicht das Problem. Es hat für den einen oder anderen zwar einen gewissen Wert, für mich ist es aber nicht mehr als ein origineller Köder."

„Köder", wiederholter er ohne jeden Ausdruck in der Stimme. „Aha."

„Du weißt was ein Köder ist? Etwas, das man auslegt, um damit Beute anzulocken. Ja, ich merke, du verstehst."

„Aber warum braucht eine so mächtige Löwin einen Köder?"

„Oh, du Schmeichler. Mächtige Löwin. Das hört man gerne. Dann ist es mir eine Freude deine Frage zu beantworten." Nach einer kleinen Pause fuhr die Löwin fort: „Ich führe hier oben ein genügsames Leben. So wie andere Löwen auch, liebe ich es über alles, einfach nur faul in der Gegend herumzuliegen. Und was ist dann praktischer, als sich ab und zu einen der Tölpel zu schnappen, die wegen des Buches hier hoch kommen?"

„Da ist was dran", stimmte er der Löwin zu und ärgerte sich gleichzeitig darüber, so blind in sein Verderben gerannt zu sein.

„Was ist da dran? Hast du das Buch etwa dreckig gemacht? Ich kann nichts erkennen."

Zum ersten Mal seit langer Zeit kam ihm zugute, dass er auf Missverständnisse der Gesprächspartner schnell eingehen konnte.

„Naja. Es ist nicht groß. Ich denke es ist ein Tintenklecks", erklärte er, während er eine Ecke des Buches genau betrachtete.

„Da kann nichts dran sein. Ich habe das Buch die ganze Zeit bewacht."

Die Löwin wirkte auf einmal gar nicht mehr so tiefenentspannt, wie noch kurz zuvor.

„Was soll ich sagen?" meinte er. „Wie käme ich dazu, dich anzulügen? Also ich kenn mich hier in dieser Welt ja nicht so richtig aus. Also bisher habe ich nur als Mensch in einer Welt gelebt, die klare physikalische Regeln hat. Aber egal. Also: Eben bin ich so einer Art Tintenfisch begegnet. Vielleicht kennst du ihn. Aber eher auch wieder nicht. Eigentlich war er irgendwie auch gar nicht wirklich da. Also, ich meine... er war schon irgendwie sehr real. Also, ich war mir sicher, dass er real war. Aber dann konnte ich doch einfach durch ihn durch gehen, als ob dort nichts anderes als Luft wäre. Ich muss schon sagen, dass das alles ziemlich verwirrend ist. Also, was ich eigentlich sagen wollte: Könnte der Tintenfisch vielleicht an dem Buch gewesen sein?"

Die Löwin schaute ihn eine Zeitlang aufmerksam an.

„Du bist sehr verwirrt. Hat man dich denn gar nicht vorbereitet?"

„Wie? Vorbereitet", antwortete er ihr wieder ohne jede besondere Betonung.

„Naja", die Löwin hatte wieder zu ihrer alten Ruhe zurückgefunden. „Wie du schon ganz richtig erkannt hast, bist du hier nicht mehr in deiner vertrauten Menschenwelt. Und dieses Buch zu holen ist vielleicht nicht direkt die einfachste Aufgabe, die es hier zu lösen gilt."

„Hat es denn schon einmal jemand geschafft?"

„Nein. Wo denkst du hin? Natürlich hat es noch niemand geschafft. Sonst wäre es ja nicht hier."

„Ah", meinte er mit trockener Kehle.

„Deshalb meine Frage: Welche Aufgaben hast du denn bisher gelöst?"

„Keine?" gab er die Antwort versehentlich im Frageton.

„Ach komm. Irgendwas wirst du schon geschafft haben. Den gelben Gecko zum Lachen bringen, die Riesenschlange melken... Sag schon. Was hast du bisher gemacht?"

„Eigentlich bin ich nur mit Onanga herumgereist. In ihrem Land."

„Mit wem?"

„Onanga", antwortete er unsicher. „Hm. Ich dachte, du würdest sie vielleicht kennen?"

„Sagt mir nichts. Wie sieht sie denn aus? Vielleicht eine Hyäne?"

„Nein. Sie ist eine Fee. Und sie sieht wunderschön aus."

„Sehe ich da kleine Herzchen aus deinen Augen quellen? Bist du am Ende einer von diesen hirnlosen verliebten Volltrotteln, die alles mit sich machen lassen?"

„Nein. Bin ich natürlich nicht. Sie hat mich darum gebeten und ich habe keinen Anlass gehabt, es nicht zu machen. Sie hat mir schließlich auch ihre Welt gezeigt. So voller Harmonie und Glück. Und dann diese fantastischen Farben, in die der Himmel getaucht ist. Ich habe noch nie etwas so Schönes gesehen."

„Oh Mann."

„Was ist so schlimm daran, jemandem zu helfen?"

„Mir reicht es, wenn ich genug zu essen habe. Ich muss niemandem helfen und ich will auch nicht, dass mir jemand hilft. So einfach ist das", erklärte die Löwin.

„Aber du lässt dir doch helfen. Oder ist der Köder vielleicht keine Hilfe? Ohne das Buch, wäre ich doch niemals hier hoch gekommen."

„Kluger kleiner Mensch. Obwohl du eigentlich schon lange tot sein solltest, funktioniert dein Mund noch ganz hervorragend. Mit der Hilfe meinte ich natürlich keine Gegenstände."

„Das meinte ich auch nicht. Schließlich hat mich nicht das Buch hier hoch gerufen. Onanga hat mich hier hoch geschickt. Und Onanga ist ein Lebewesen. Ein sehr schönes noch dazu."

„Er ist verliebt."

„Das geht doch gar nicht. Ich bin ein Mensch und sie nicht."

„Ihr müsst ja nicht direkt eine Familie gründen. Du bist verliebt. Und zwar richtig."

„Bin ich nicht."

„Also. Ich habe hier oben viel Zeit. Manchmal lese ich dann auch ein bisschen was über meine Opfer. Bei euch Menschen ist es so, dass bei großer Verliebtheit nahezu alle Sicherungen durchbrennen. Das ist die einfache Erklärung dafür, dass du hier oben stehst."

„Du liest Bücher über Menschen? Oder besser: Du liest Bücher über das, was bei Menschen abgeht, wenn sie verliebt sind? Das machen noch nicht einmal die Menschen selber."

„Wenn die das nicht machen würden, dann gäbe es die Bücher nicht."

„Okay. Ein paar Ausnahmen sind immer dabei. Aber so in der Regel lesen wir so etwas nicht. Warum liest du das?"

„Hm", räusperte sich die Löwin. „Du scheinst mir ein ehrlicher Mensch zu sein. Verliebt, aber ehrlich. Deshalb sage ich dir die Wahrheit. Manche Menschen schmecken wirklich gut. Andere mittelmäßig und dann gibt es ab und zu auch mal welche, die einfach nur widerlich schmecken. Pfui. Um die runter zu bekommen müsste ich schon sehr, sehr hungrig sein. Das bin ich aber nie. Also habe ich mir überlegt, wie ich das erkennen kann. Also, ob jemand schmecken wird oder nicht. Kannst du mir so weit folgen?"

„Ja. Bis hierhin ist alles klar. Manche schmecken, manche nicht."

„Ich könnte natürlich einfach einen Probebiss machen. Dann wüsste ich es. Aber das wäre mir zu einfach. Außerdem: Was für eine Verschwendung. Möglicherweise haben diese Geschmacksnieten ja einfach nur einen schlechten Tag. Man muss sie nur für den nächsten Tag aufheben und schon sind sie eine wahre Gaumenfreude."

„Und dann hast du dich mit den Menschen befasst", half er der Löwin weiter, als sie eine längere Pause einlegte.

„Richtig. Nur. Wo fängt man da an? Ich habe eine Zeitlang nachgedacht und mir die Gesichter und das ganze Gehabe meiner Opfer nochmals vor Augen geführt. Und dann kam es. Die Idee war geboren."

Er schaute die Löwin nur fragend an. Zwar wusste er noch immer nicht, wie er ihr entkommen sollte, aber das war für ihn im Moment gar nicht mehr so wichtig. Er wollte wirklich wissen, zu welchem Schluss die Löwin gekommen war.

„Nun", erklärte sie endlich. „es kommt darauf an, ob der Mensch verliebt ist oder nicht. Die Verliebten schmecken abscheulich. Die anderen schmecken gut bis vorzüglich.

Was dich angeht: Du bist verliebt. Und das ist gut für dich. Weil, dadurch bist du ein ziemlich unappetitliches Stück Mensch. Ich werde dich nicht fressen."

„Ah. Und jetzt?"

Er war komplett ratlos. Würde er tatsächlich wieder zu Onanga zurückkehren dürfen?

„Nimm das Buch und laufe zu deiner Onga, oder wie auch immer die heißen mag. Und wenn du mich das nächste Mal beehrst, möchte ich dich bitten, das im unverliebten Zustand zu machen. Versprichst du mir das?"

„Selbstverständlich."

Er drehte sich zögerlich um und ging dann langsam von der Löwin weg.

„Auf Wiedersehen, Frau Löwin", rief er ihr noch über die Schulter zu.

„Hoffentlich", raunzte die Löwin und fuhr sich genüsslich mit der Zunge über die Lippen.

Die Kundschafter

Onanga hatte ihn nach dem Abstieg wieder zu dem Schiff geführt. In dem Moment, in dem sie das Deck betreten hatten, wurden die Segel gesetzt und das schwere Schiff stellte sich ruhig und majestätisch in den Wind. Er hatte inzwischen schon so viele mystische Dinge erlebt, dass er sich gar nicht mehr fragte, wie es sein konnte, dass ganz ohne Seeleute in den Wanten all die Segel heruntergelassen worden waren.

Mit einer stillen Geste überreichte Onanga das Buch ihrer Mutter, die es entgegennahm und zufrieden zur Seite legte, nachdem sie zuvor ein paar prüfende Blicke hinein geworfen hatte.

„Meine Mutter ist sehr zufrieden mit dir und auch mit mir", erklärte Onanga.

Dann war das Buch also gar nicht für Onanga bestimmt. Er fragte sich, ob er das Gleiche auch gemacht hätte, wenn nicht Onanga, sondern deren Mutter ihn den Berg hoch geschickt hätte. Wahrscheinlich schon. Zumal er am Fuß des Berges ja noch gar keine Ahnung von der Löwin gehabt hatte. Insofern musste er sich eher die Frage stellen, ob er den Berg auch dann hochgegangen wäre, wenn er gewusst hätte, was ihn dort erwartet hat.

Während er darüber nachdachte, spürte er Onangas Hand in der seinen nur noch intensiver. Es war ein so unendlich berauschendes Gefühl, die Hand eines so schönen Wesens zu halten. Gleichzeitig auch noch zu wissen, dass dieses Wesen sich so intensiv um ihn kümmerte und ihm so viel von seiner Welt zeigte… Er war überwältigt. Diese unglaubliche Ruhe, die scheinbar in jeder Situation von diesem Volk ausging, war einfach sagenhaft.

Er war sich sicher, dass er nicht in der Lage wäre Onanga oder deren Mutter einen Wusch abzuschlagen. Er würde mit Sicherheit alles tun, worum sie ihn bitten würden.

„Du hast eine wichtige Probe bestanden. Nicht vielen gelingt dies."

Natürlich war er froh, diese Auszeichnung zu hören. Andererseits war er allerdings auch ein bisschen traurig, dass Onanga überhaupt der Meinung gewesen war, dass er auf die Probe gestellt werden musste. Sie konnte sich der Gefühle, die er für sie und ihr Volk hegte doch nicht wirklich unsicher gewesen sein. Schließlich gelang es ihr offenkundig alle seine Gedanken zu lesen, als ob sie in großen Buchstaben in einem weit aufgeschlagenen Buch stehen würden.

„Nicht die Treue zu mir und meinem Volk wollten wir auf den Prüfstand stellen. Es ging darum zu erfahren, ob du in Gefahrensituationen besonnen agieren kannst."

Wenn er bedachte, dass die Löwin ihn nur deshalb nicht verspeist hatte, weil sie der festen Meinung war, dass er bis über beide Ohren verliebt war, dann glaubte er, dass sich die Situation nicht wegen seiner Besonnenheit sondern wegen der Studien der Löwin zum Guten gewendet hatte. Trotzdem hatte Onanga irgendwie auch recht. In seinem normalen Leben wäre er wahrscheinlich vollkommen panisch gewesen. Bei der Löwin war aber irgendwie noch etwas anderes im Spiel gewesen. Irgendein tiefer Glaube daran, dass ihm nichts passieren konnte.

„Wir werden dich ein weiteres Mal auf die Probe stellen. Es gibt noch ein zweites Buch. Nur wenn man beide Bücher besitzt, kann man verstehen, was in den Büchern geschrieben steht. Vor langer Zeit einmal wurden die Bücher voneinander getrennt. Seitdem sind wir in unserer Entwicklung stehen geblieben. Es gibt noch so viele Dinge zu verstehen."

Ihm war nicht ganz klar, weshalb sich die Feen die Bücher dann nicht schon lange selber geholt hatten. Es musste bei all dem, was sie konnten, doch einen Weg geben, an die Bücher heranzukommen. Wenn für ein Volk normale Distanzen, wie sie den Menschen bekannt waren, nicht zählten... Wo war das Problem? Einfach irgendeinen verborgenen Weg einschlagen, ein paar Minuten mit dem Boot oder zu Fuß und schon waren tausend Kilometer der Menschenwelt erledigt.

Wieder einmal hörte er dieses entfernte fröhliche Lachen. Scheinbar saßen irgendwo ein paar Feen zusammen und erzählten sich Witze oder lustige Erlebnisse. Er schaute sich um, ob er die Gruppe vielleicht sogar sehen konnte, es sah jedoch nicht danach aus. Alle, die an Deck waren, standen ruhig in einem Kreis und schienen nichts anderes zu machen, als ihn und Onanga anzuschauen.

Waren die jetzt einfach nur ihm gegenüber höflich oder waren sie wirklich an ihm interessiert? Eigentlich hätte er es wirklich gerne mal gewusst. Generell hätte er so manche Dinge gerne mal gewusst. Nichts gegen Onanga. Er war total glücklich, wenn sie seine Hand hielt, aber er hätte sich auch gerne mal mit den anderen unterhalten. Beziehungsweise das getan, was man hier so Unterhaltung nannte, nämlich so lange denken, bis diejenige, die einen an der Hand hielt, eine Antwort gab.

„Du musst geduldig sein. Alles, was du dir wünschst wird kommen. Es gilt nur die vorbestimmte Reihenfolge einzuhalten. Ich werde dich führen und bei dir sein, solange du meine Hilfe brauchst. Umso besser ich dich kenne, umso besser wird das gelingen. Dir geht es gut dabei. Du bist glücklich und entspannt. Alles ist gut."

War ja okay. Er wollte sich ja gar nicht von Onanga lösen. Ganz im Gegenteil. Je länger sie bei ihm war, umso mehr wollte er sie bei sich und um sich haben. Hinter Onanga änderte sich das Farbenspiel des Himmels in ein dunkles Grün. Nach den endlosen Varianten von Blau, Violett, Rot und Orange war das so überraschend, dass er automatisch in die Ferne schauen musste.

Wieder meldete sich Onangas Stimme in seinem Kopf zu Wort.

„Auch unser Reich hat seine Grenzen. Dort, wo du das Grün siehst, fängt das Reich der Rivalen an. Wir haben vor Generationen Grenzen mit ihnen vereinbart, die von beiden Seiten akzeptiert sind. Niemand betritt das Land des Anderen ohne Genehmigung."

Gab es denn neben den Feen noch mehr Völker auf der Erde, die den Menschen bisher nicht aufgefallen waren? Während sich das große Schiff unbeirrt den Weg durch das Wasser bahnte und dabei eine unfassbare Kraft und Ruhe ausstrahlte, änderte der Himmel immer wieder seine Farben. Nur das Grün am Horizont blieb unverändert. Als er genauer hinschaute, stellte er fest, dass sich immer wieder ein grüner Streifen, ähnlich einem Kometenschweif, aus dem breiten grünen Band am Horizont löste. Auf dem Weg durch das Farbenmeer entstanden an der Spitze des Schweifes Turbulenzen aus allen Farben des Regenbogens, während der bereits gebildete Schweif majestätisch am Himmel lag und sich nur sehr langsam mit den Farben der Umgebung vermischte.

„Unsere Rivalen wollen sehen, was wir machen. Sie senden Kundschafter aus."

Was meinte Onanga damit? Sollten diese grünen Schweife etwa Leute aus dem Reich der Rivalen sein? War vielleicht ganz vorne am Schweif so eine Art von Raumschiff oder Flugzeug? So klein oder so weit entfernt, dass er es nicht erkennen konnte? Und wenn es so war, wo blieben die dann, wenn der Schweif aufgebraucht war?

„Du bist hier in einer Welt, die jenseits von allem ist, was Menschen für real halten", hörte er die amüsierte Stimme in seinem Kopf, „und doch kannst du an nichts anderes denken, als an das, was Menschen bauen können."

Wenn es kein Flugzeug oder so war, was sollte es dann sein? Onanga hatte recht. Er hatte jenseits der realen Welt keine Idee davon, was es noch geben konnte.

„Das grüne Licht ist kein Schweif, den der Kundschafter hinterlässt. Das grüne Licht <u>ist</u> der Kundschafter. Da gibt es nichts anderes als nur das Licht. Sieh nur." Onanga zeigte auf einen Schweif, der sich ihnen näherte. „Dort ist nichts außer Licht. Kein wilder Reiter auf einem mächtigen Schlachtross und erst recht keine Rakete. Es ist einfach nur Licht."

Er konnte die Augen nicht mehr von dem Schweif wenden, bis das grüne Licht von den umgebenden Farben vollständig aufgelöst war. Wenn das tatsächlich Kundschafter waren, was waren sie dann eigentlich danach? Waren die tot? Er merkte, wie Mitleid in ihm aufstieg. Das alles war ein so fantastisches Schauspiel. Und gleichzeitig auch eine Schlacht?

Wieder hörte er das helle Lachen.

„Ich hoffe, du verzeihst meinen Freundinnen. Ihnen sind deine Gedanken so fremd, dass sie nicht wissen wie sie darauf reagieren sollen. Also lachen sie einfach."

Er hätte wirklich zu gerne gewusst, was diese Kundschafter in Wirklichkeit waren. Wie funktionierte das alles? Eines zumindest war ihm durch Onangas Antwort klar geworden: Die Kundschafter starben nicht. Immerhin etwas.

„Ach ihr Menschen. Gib dich doch einfach mit meiner ehrlichen Antwort zufrieden. Es ist einfach nur Licht. Licht reicht unseren Rivalen vollkommen aus, um erkennen zu können, was bei uns passiert."

Sei es drum. Dann ist es eben nur Licht. Bestimmt können die von ihrem Land aus diese Lichtbögen wie riesige gebogener Fernrohre benutzen. Er stellte sich vor, wie die Rivalen gemütlich in einem Sessel saßen und mit überschlagenen Beinen durch den Lichtstrahl schauten. Vielleicht ließen sie sich dabei noch ein paar Weintrauben reichen. Vielleicht warfen sie sich gegenseitig die Highlights ihrer Beobachtungen zu. So nach dem Motto: ‚Hey schau mal, die haben sich einen Menschen aufs Schiff geladen. Der sieht so aus, als ob er einfach nichts kapieren würde.'

„Ich kann die Bilder in deinem Kopf nicht deuten. Wieso haben die Rivalen, die du dir gerade vorstellst, nur ein paar lose Tücher an?"

Er schaute einen Moment irritiert auf Onanga. Sie konnte nicht nur seine Gedanken lesen, sondern auch noch das erkennen was an Bildern durch seinen Kopf ging. Er hatte sich die Rivalen tatsächlich wie dekadente Römer vorgestellt. Oder genauer gesagt: So, wie die dekadenten Römer in Filmen dargestellt werden. In Wirklichkeit waren die mit Sicherheit anders.

Bevor er weiter darüber nachdenken konnte, sah er, wie von den Masten des Schiffes große orangene Lichtbündel in den Himmel strahlten. War das jetzt so eine Art Abwehrfeuer gegen die Kundschafter? Er hatte nicht die geringste Ahnung. Noch bevor er dieses neue Phänomen ausreichend betrachten und bestaunen konnte, drehte das Schiff ab und innerhalb kürzester Zeit verschwanden die grünen und orangen Lichter vom Himmel.

Warum waren sie eigentlich bis zur Grenze gefahren? Er hatte schon überlegt, ob er dort ausgesetzt werden sollte, um das zweite Buch im Land der Rivalen zu suchen und dann zurück zu den Feen zu bringen. Ihm wäre zwar nicht einmal ansatzweise klar gewesen, wie er das hätte bewerkstelligen sollen, aber er wusste, dass er es ohne zu zögern versucht hätte.

„Wir haben nur Botschaften ausgetauscht. Ihr Menschen würdet es eine routinierte diplomatische Gesprächsanbahnung nennen. Alles braucht seine Zeit."

Ian

Diesmal sagte er zu, als seine Kollegin Janette ihn fragte, ob er noch Lust auf ein Bierchen hätte. Fast war er selber noch überraschter als Janette. Jetzt war es raus und es wäre einfach viel zu unhöflich gewesen, ihr zu erklären, dass er nur versehentlich zugesagt hatte.

Also ging er mit ihr zusammen in das Kneipenviertel, das nur ein paar Fußminuten von ihrem Büro entfernt war. Aus einer der Kneipen kam Live-Musik. Irgendjemand spielte eine alte Rocknummer auf der E-Gitarre und sang dazu mit rauer Stimme. Ohne sich lange Gedanken zu machen, gingen die beiden hinein und setzten sich auf die letzten freien Plätze an der Theke. Gerade mal ein paar Schritte von dem alten Musiker entfernt.

Während der Mann sehr souverän und entspannt durch „Stairway to heaven" spazierte, stellte der Wirt ihnen zwei Gläser Bier auf den Tresen. Janette gehörte zu den wenigen Frauen, die lieber Bier als Wein tranken.

„Im Fernsehen würden sie dem Musiker bestimmt sagen, dass er das Stück zu seinem eigenen gemacht hat", erklärte sie ihm lächelnd, während sie ihren Mund zwecks besserer Verständigung in die Nähe seines Ohres brachte.

„Ohne Zweifel. Und dann würden sie ihm sagen, dass die Reise an dieser Stelle leider ihr Ende findet, weil er einfach schon so wahnsinnig weit sei und sie gar nicht mehr wüssten, was sie ihm noch mit auf den Weg geben könnten."

„Richtig", nickte sie. „Dabei haben sie in Wirklichkeit einfach nur Angst um die Quote. Ist zumindest meine Erklärung dafür. Der ist nämlich nicht jung und sexy."

„Die wirklich Guten schaffen es vermutlich auch ohne diese Castingshows."

„Weiß nicht. Du hast schon recht. Die meisten Gewinner verschwinden wieder im Nirgendwo. Aber ein paar schaffen es dann doch immer mal wieder. Und vielleicht hätten sie es sonst nicht geschafft. Immerhin ist das die billigste Bühne, um sich zu präsentieren."

„Preiswert", korrigierte er Janette automatisch. „Du meinst preiswert."

Sie schaute ihn einen Moment amüsiert an und drehte sich dann lächelnd zu dem Musiker um. Der war wirklich gut und näherte sich inzwischen dem Ende der Darbietung.

Statt nach dem Applaus ein neues Stück anzukündigen, schaute er erwartungsvoll ins Publikum, das ihm auch prompt verschiedene Titel vorschlug.

„In a gadda da vida!"

„War da nicht so ein Schlagzeugsolo bei? Das bekomme ich beim besten Willen nicht hin. Wisst ihr doch."

„Irgendwas von Uriah Heep."

„Okay. Mal schau'n, was es wird."

Er richtete sich ein wenig auf und schaute lächelnd ins Publikum.

„Ladys and Gentlemen. I have another song for you: Lady in Black."

Er beugte sich über die Gitarre und begann mit ein paar Improvisationen, die nur sehr langsam und zauderhaft das typische Thema des Songs aufnahmen. Fast war es wie ein Tanz um die Angebetete. Irgendwann begann er - zunächst vorsichtig und dann immer stärker - den Rhythmus mit seinem Stiefelabsatz zu schlagen. Erst als seine Gitarre die Melodie des Liedes gefunden hatte, begann der Mann mit seiner rauen Stimme zu singen.

Janette schloss ihre Augen und gab sich lächelnd dem akustischen Erlebnis hin. Wahrscheinlich hatte sie sich das ‚Bierchen trinken' anders vorgestellt. Wahrscheinlich hatte er selber sich das Bierchen mit Janette, dem er so spontan zugesagt hatte, auch irgendwie anders vorgestellt. Jetzt, wo er sie mit einem so glücklichen entspannten Gesichtsausdruck halb von der Seite sah, wurde ihm klar, wie sehr anders er sich den Abend mir ihr vorgestellt hatte. Janette hatte etwas. Der Mann an der Gitarre war inzwischen bei dem ersten Refrain angekommen, den automatisch alle im Raum mitsangen. Eines der wenigen bekannten Rockstücke, deren

Refrain keine Textsicherheit verlangte. Es war schließlich nicht mehr als ein ewiges „Aaaah aah…" Aber was für eins. Einfach nur gut. Der Musiker hatte alle Gäste eingefangen. Jeder machte mit und wartete voller Neugierde auf die nächsten Ideen des Mannes.

Der nahm jetzt die Hände von der Gitarre, schlug den dumpfen gleichförmigen Takt mit der Stiefelsohle und brachte die komplette nächste Strophe mit dieser minimalistischen Begleitung.

Es war einfach nur gut. Nur gut.

Als er sich am Ende des Songs zufrieden zurücklehnte, machten alle im Raum noch eine Zeitlang mit dem Refrain weiter. Nicht übermäßig laut, einfach nur genau so, wie es optimal in die Stimmung passte.

„So", meinte der alte Mann mit der Gitarre. „Bevor wir jetzt den ganzen Abend nur diese wunderbaren etwas langsameren und gefühlvollen Stücke hören, möchte ich jetzt mal etwas zügigere Stücke vorgeschlagen bekommen."

„Paranoid!!!"

„Ah, na das wäre mal was. Black Sabbath. Der gute alte Ozzy. Ja, das wäre was. Gibt es noch andere Vorschläge."

„Locomotive breath"

„Auch super. Hätte ich sogar richtig Lust drauf. Ich hab das mal auf meiner Akustikgitarre probiert. Hört sich gar nicht mal so schlecht an. Wäre auch sicher nicht die erste Version dieser Art. Trotzdem hätte ich eigentlich mehr Lust auf den fetteren Sound mit Keyboard und Querflöte. Wer von euch kann mir helfen?"

„Wenn du nichts dagegen hast, dann setze ich mich an das Keyboard", schlug Janette vor.

Der Mann schaute Janette überrascht an.

„Cool. Ich kenne dich zwar nicht, aber wenn du das drauf hast, dann gerne."

Danach schaute er zu dem Wirt, der abwartend die Arme überkreuzt hatte.

„Hast du die Querflöte griffbereit?"

„Klar. Du musst nur noch jemanden finden, der sie bedienen kann. Meine Frau ist heute nicht da."

„Stimmt", antwortete der Mann, „hatte ich völlig vergessen. Dann müssen wir auf die Flöte wohl verzichten."

Was ging hier denn ab? Seine Kollegin Janette ging mal eben ganz locker auf die Bühne, und wollte dieses Intro spielen, das je nach Laune des Künstlers absolut minimalistisch oder eben auch sehr verspielt über viele kleine Umwege zum Ziel kommen konnte. Das Intro, das er schon in so vielen verschiedenen Varianten gehört hatte. Janette würde es spielen. Er war unglaublich gespannt darauf. Aber wie sollte es danach ohne Querflöte weiter gehen?

„Die Querflöte kann ich machen", hörte er sich sagen. „Ich falle zwar um, wenn ich auf einem Bein stehen muss, aber es muss ja auch keine reine Kopie des Originals werden."

Wieder schaute der Musiker überrascht zur Bar.

„Wer seid ihr beiden denn eigentlich? Ich habe euch hier oder woanders noch nie gesehen und jetzt macht ihr mit mir mal eben so Locomotive Breath?"

Warum hatte er sich angeboten? Er konnte es selber nicht verstehen. Noch nie in seinem Leben hatte er eine Querflöte in der Hand gehabt. Trotzdem wusste er genau, dass es funktionieren würde.

Als der Wirt ihm den Kasten mit dem Instrument geben wollte, schlug er das Angebot dankend aus und holte sich seine eigene Querflöte aus dem Rucksack. Wie die da reingekommen war, war ihm zwar absolut schleierhaft, aber diesen Gedanken nahm er nur ganz am Rand seiner Gefühlswelt war. Die Freude dieses bekannte und oft gespielte Stück jetzt spontan zusammen mit Janette und dem alten Musiker performen zu dürfen, war einfach zu groß.

Auf der Bühne steckte er die Flöte zusammen und blies ein paar flirrende Laute. Es hörte sich gut an. Warum konnte er das? Er wusste es nicht. Aber es hörte sich gut und souverän an. Was konnte schon schief gehen?

„Also gut", meinte der Musiker, „dann wollen wir mal jammen. Halt. Sagt mir noch eure Namen."
„Janette", „Ian"
„Okay", wandte der Mann sich lachend ans merklich gespannte Publikum.
„My new friends Janette and Ian will perform the famous ‚Locomotive Breath' together with me. I have no idea what the next minutes will bring. But, I'm sure, we all will enjoy it."

Danach trat absolute Stille ein.

Janette warf einen prüfenden Blick auf das Keyboard, schloss die Augen und spielte ein langes, sich langsam steigerndes Intro, dem die beiden Männer auf der Bühne respektvoll lauschten und das vom Publikum mit zwischenzeitlichen zustimmenden Rufen begleitet wurde.

Dann rückte der Musiker seine Gitarre zurecht, um ab und zu kleine Läufe in Janettes Spiel zu setzen. Irgendwann ließ Janette ihm endlich freien Lauf und kurz danach war das Stück voll im Gang. Die Gitarre hatte übernommen und der alte Musiker brachte die erste Strophe. Janette legte, nachdem sie ein paar Knöpfe verstellt hatte, mit einem fetten Bass den Rhythmus drunter.

Ian konnte sehen und spüren, wie die beiden das Spiel genossen und vollkommen in der Musik aufgingen.

Schneller als erwartet, war die erste Strophe vorbei. Nach einem aufmunternden Blick des Musikers ging Ian einen Schritt nach vorne, setze die Querflöte an und ließ sich jetzt ebenfalls mitreißen. Jeder Ton kam genau so aus dem Instrument heraus, wie er es immer und immer wieder auf den Aufnahmen gehört hatte. Sogar dieser typische überdeckende Gesang, den er bei Ian Anderson immer so bewunderte, saß genau auf den Punkt.

Es war einfach nur der helle Wahnsinn. Keinen der Besucher hielt es auf seinem Stuhl. Die Stimmung war gigantisch. Ian fühlte sich unglaublich frei und leicht.

Die drei verständigten sich immer wieder mit Blicken, wobei es mehr bestätigende Blicke, als fordernde Blicke waren. Jeder wusste, welche Klänge erzeugt werden sollten und jeder steuerte seinen Teil mit spielerischer Leichtigkeit bei.

Der Chor

Als er zu seiner Hütte am See kam, stand Onanga bereits auf dem Steg und blickte ihn erwartungsvoll an. Ohne zu zögern, ging er auf sie zu und nahm ihre ausgestreckte Hand.

„Schön, dass du gekommen bist, ich möchte dir so gerne noch mehr von meiner Welt zeigen."

Eigentlich hatte er das, was er bereits kennengelernt hatte noch lange nicht verarbeitet, aber trotzdem war er natürlich froh, dass Onanga sich noch mehr Zeit für ihn nehmen wollte. Irgendwann musste er ja auch noch los, um den zweiten Teil des Buches zu suchen, von dem Onanga und ihre Mutter gesprochen hatten.

„Alles kommt zu seiner Zeit. Wir warten schon so lange auf die Schriften. Was macht es dann schon, wenn wir noch eine Zeit, die ihr Menschen als ein paar Tage empfindet, länger warten müssen?"

Es war ja nicht neu für ihn, dass den Feen hektisches Treiben fremd war. Trotzdem überraschte es ihn immer wieder, wenn es ihm so klar gesagt wurde. Ihm war es nur recht. Je mehr entspannte Reisen er mit Onanga verbringen konnte, umso besser. Dann war jetzt eben kein Buch angesagt, sondern Reisen und Staunen.

Wie bei der ersten Reise, zog Onanga ihn sanft mit sich ins Wasser. Nur landeten sie diesmal nicht auf einer Lichtung. Als sich seine Augen an die Umgebung gewöhnt hatten, stellte er fest, dass sie unter Wasser reisten. Er konnte Tang und einzelne Fische erkennen. Seltsamerweise atmete er ohne Probleme. Onanga schaute ihn lächelnd an und zog ihn weiter in Richtung des Grundes.

Eigentlich hätte es um ihn herum immer dunkler werden müssen. Selbst, wenn an der Wasseroberfläche heller Tag gewesen wäre, hätte das Sonnenlicht nicht bis in die Tiefe des Sees strahlen können. Seltsamerweise schienen er und Onanga aber in einer Art Lichtkugel gefangen zu sein, die sie immer weiter nach unten begleitete. Als sie schließlich den Grund erreicht hatten, von dem er wusste, dass er bei etwas über hundert Meter lag, war alles um sie herum wunderbar ausgeleuchtet.

Mit der ihr eigenen Leichtigkeit führte Onanga ihn ein Stück über den Seegrund. Dabei konnte er sich ohne jede Schwierigkeit fortbewegen. Obwohl er sah, wie Onangas lange Haare in dem Wasser auf und nieder schwangen, spürte er selber bei seinen Bewegungen keinen Wasserwiderstand. Er ging über den unebenen Seeboden, als ob er sich auf einem ganz normalen Feldweg befinden würde.

In einiger Entfernung stand vor ihnen eine steile Felswand. Sie war von grünen Pflanzen bewachsen, die ihre langen tentakelartigen Blätter im Wasser hin und her bewegten. Es hatte geradezu den Anschein, die Pflanzen wären auf Beutejagd. In sicherer Entfernung vor der Felswand blieb Onanga stehen und schaute erwartungsvoll geradeaus.

Tatsächlich bewegte sich bald darauf etwas. Erst konnte er nicht wirklich erkennen, was es war, dann aber stellte er fest, dass sich, halb durch die Tentakel der Pflanzen verdeckt, ein riesiges Tor im Fels öffnete. Auf der Erde hätte es mit Sicherheit laut in seinen Angeln geächzt und gestöhnt. Hier glitt es absolut geräuschlos auf.

Erst als sich die beiden Torflügel nicht mehr bewegten, ging Onanga mit ihm weiter. Jetzt kamen ihm einige der Tentakel bedrohlich nahe. Wenn sie sich um seine Beine schlingen würden, wäre vielleicht noch nicht einmal Onanga in der Lage, ihn wieder zu befreien.

„Hab keine Angst, die wollen uns nur begrüßen. Außerdem sind sie neugierig auf den Besuch, den ich mitbringe."

Das machte natürlich wieder einiges klarer. Wahrscheinlich gab es hinter dem riesigen Tor jemanden, der mit Hilfe der Tentakel sehen konnte. So, wie es bei den Kundschaftern gewesen war, die nichts anderes als grünes Licht gewesen waren.

Inzwischen waren sie unter dem Torbogen angekommen. Anders, als von ihm erwartet, führte der Torbogen in keine Empfangshalle, sondern in einen breiten Gang, der durch große Pechfackeln beleuchtet wurde. Die Fackeln steckten an den Wänden in Eisenhalterungen, wie er sie von mittelalterlichen Burgen kannte. Erst als er überlegte, wie die Fackeln unter Wasser brennen konnten, fiel ihm auf, dass er sich nicht mehr im Wasser bewegte. Ein Blick zurück zu dem Tor, das sich gerade wieder schloss, zeigte ihm dass dort eine milchig schimmernde Wasserwand stand, der es nicht gelang in den Gang einzubrechen. Aber, dachte er sich, warum sollte ihn das wundern. Schließlich war er doch gerade erst im Wasser spazieren gewesen.

„Recht hast du", bestätigte ihn Onanga. „Es gibt noch so viel, das ihr Menschen euch nicht erklären könnt."

Onanga zog ihn lächelnd den gewundenen, endlos scheinenden Weg durch das flackernde Licht. Irgendwann war ihm so, als ob er etwas hören würde. Irgendeine Melodie. Erst rissen die Klänge immer wieder ab. Gerade so, als ob die Verbindung immer wieder unterbrochen würde. Mit der Zeit hörten diese Unterbrechungen aber auf und die Musik wurde immer klarer. Jetzt erkannte er, dass es ein Chor war, der dort sang. Begleitet von einigen Instrumenten hatten die Stimmen eine unglaubliche Klarheit.

Endlich brachten sie die letzte Windung des Ganges hinter sich. Vor ihnen tat sich eine riesige Halle auf. Die zahlreichen Fackeln und die unregelmäßigen, felsigen Wände und Säulen tauchten alles in eine mystische Stimmung. Die Öffnung, in der er neben Onanga stand, war scheinbar mitten in einer der Felswände. Vielleicht zehn oder zwanzig Meter unter sich konnte er den Boden erkennen. Die Decke war noch um einiges weiter entfernt.

In dem ganzen riesigen Saal standen Gruppen von Feen. Jede der Sängerinnen bewegte sich auf ihre eigene Art zum Rhythmus des Stückes. Natürlich sangen sie ohne eine einzige Bewegung ihres Mundes. Das Wissen, dass es so war, machte das Klangerlebnis für ihn nur noch erstaunlicher. Selbst, wenn es ein menschlicher Chor gewesen wäre, der sich so weit in dem großen Raum verteilt hätte, wäre es eine wahre Meisterleistung gewesen, diese vielen Sängerinnen zu einem einzigen makellosen Klangerlebnis zu vereinen.

„Genieße die Musik", erklärte Onanga ihm mit ihrer fröhlichen, entspannten Stimme. „Lerne uns zu verstehen. Wir sind die Musik. Jede einzelne Fee, die du in dem Klangsaal siehst, ist an der Musik beteiligt. Denke nicht nach. Genieße."

Und das tat er. Die Musik glitt wie eine große weiche Woge durch den riesigen Raum. Sie füllte ihn bis zum letzten Winkel. Wenn es in dieser Höhle Vögel gegeben hätte, dann wären es Vögel mit sagenhafter Spannweite gewesen. Manche der Vögel hätten schwarzes glänzendes Gefieder gehabt. Andere wiederum tiefblaue oder rubinrote Federn. Die Vögel hätten, nur von den Klängen der Musik getragen, durch die Höhle gleiten können. Kein Laut wäre aus ihren gebogenen Schnäbeln gekommen. Kein Krächzen hätte die Musik gestört. Noch nicht einmal das Rauschen hätte er hören können, wenn die Vögel unmittelbar vor ihm an der Felswand vorbei geflogen wären.

Einige Vögel wären steil nach unten zu einem Sturzflug gestartet und hätten immer und immer mehr Geschwindigkeit aufgenommen, um dann mit ausgestreckten Schwingen einen langen Looping zu beschreiben, der sie über die Köpfe der Feen hinweg, fast bis an die Decke des riesigen Raumes geführt hätte.

Er gab sich vollkommen der Musik hin und schloss die Augen. Er wollte jede einzige Note dieses fremden und gleichzeitig so angenehmen Konzertes in sich aufnehmen. Niemals würde er in einem Konzertsaal seiner Welt so etwas hören können. Das hier war absolut einmalig. Nichts durfte er verpassen. Bis der letzte Rest des letzten Tones verklungen war, blieb er mit geschlossenen Augen stehen und fühlte sich einfach nur fantastisch.

„Wenn es dir so sehr gefallen hat, mein Freund, dann soll dies nicht unser letzter Besuch des Chors gewesen sein."

Was für eine wunderbare Nachricht. Er würde in seiner Erinnerung noch lange an das Konzert denken können und er konnte sich darauf freuen, das alles nochmals genießen zu können. Er fühlte sich einfach nur unglaublich gut. Es war so vollkommen.

Der Sturm

„Hallo Ian", begrüßte ihn Janette breit grinsend.
„Hallo Göttin des Keyboards. Wie geht's?"
„Wunderbar. Ich finde es zwar immer noch schade, dass dir am Wochenende deine Hütte am See wichtiger war, als ein zweiter kleiner spontaner Gig. Aber so ist das nun einmal."

Er wollte seiner Kollegin eigentlich schon direkt nach dem Ende des Auftritts erklärt haben, dass er selber nicht ansatzweise verstanden hatte, was da passiert war, aber sie waren einfach zu sehr in Beschlag genommen worden. Der alte Musiker, der Wirt, ein paar Gäste. Alle hatten sich zu ihnen gesellt und mit ihnen getrunken und gefeiert. Er hatte ziemlich schnell verstanden, dass es in dem Moment überhaupt nicht gepasst hätte, darüber zu reden, dass er noch nie eine Querflöte in der Hand gehabt hatte.

Jetzt aber musste er es sagen.

„Hör mal. Das, was ich da gemacht habe. Also mit der Querflöte. Ich kann nicht sagen, warum ich das auf einmal konnte. Ich kann auch nicht sagen, warum ich eine Querflöte dabei hatte."

Noch während er es ihr sagte, wusste er, dass sie es nicht glauben würde. Was hatte er sich auch eingebildet? So etwas gab es in der Menschenwelt einfach nicht. Sie konnte nicht anders, als ihm nicht zu glauben.

„Hey, Ian. Ist schon gut. Du musst jetzt nicht tiefstapeln. Ich verstehe zwar nicht, weshalb ich das die ganze Zeit nicht mitbekommen habe, aber was soll's? Es war richtig gut. Und ich würde es gerne mal wiederholen."

„Mal schauen. Vielleicht ergibt sich ja noch mal was."

Sie schaute ihn erstaunt an.

„Ich könnte fast meinen, dir hat es gar keinen Spaß gemacht. Dabei warst du, als ich dir zugeschaut habe, geradezu weggetreten. So sehr warst du in der Musik versunken. Das muss für dich doch ein Wahnsinnsgefühl gewesen sein."

„War es auch. Keine Ahnung, wie ich dir das erklären soll. Vielleicht habe ich einfach nur Angst, dass es beim nächsten Mal nicht mehr so schön wird. Dass ich mich blamiere."

Das Kichern, das er daraufhin hörte, passte überhaupt nicht zu Janettes Gesichtsaudruck. Er brauchte einen kleinen Moment, bis er verstand, dass das Kichern vom Amulett kam. Während ihm Janette durchs Haar wuschelte und ihm versicherte, dass er so gut war, dass Lampenfieber überhaupt nicht notwendig war, erklärte ihm das Amulette, dass er jede Musik, die in ihm sei, problemlos mit jedem Instrument seiner Wahl performen könne.

Janette hatte sich bereits an ihren Schreibtisch gesetzt und die erste Akte hervorgeholt, als ihm das Amulett, das scheinbar Lust hatte, ihn gründlich zuzutexten, sehr wortreich erklärte, dass er bei Onanga einen Stein im Brett hätte.

Nach der Arbeit nahm er sich gar nicht erst die Zeit nach Hause zu fahren. Er wollte einfach nur möglichst schnell zum Steg. Tatsächlich saß Onanga bereits da und wartete auf ihn. Sie hatte sich mit dem Rücken gegen einen Pfosten gesetzt und schaute ihn lächelnd an. Wie konnte es ein größeres Glück für ihn geben, als von solch einer fantastischen Frau angelächelt zu werden? Ohne den Blick von ihr abzuwenden, ging er zu ihr auf den Steg und ergriff ihre ausgestreckte Hand.

„Wie schön, dass du sogar für eine so kurze Zeit zu mir kommst", hörte er ihre Stimme.

Wie hätte er es anders entscheiden können? Onanga schenkte ihm doch so unglaublich viel. Und er fühlte sich bei ihr doch so unendlich wohl.

„Komm, wir werden schon erwartet."

Wieder glitt er, von ihrer Hand geführt, durch das Wasser des Sees. Diesmal blieben sie allerdings dicht unter der

Oberfläche. Dass er ohne Probleme atmen konnte, wunderte ihn schon gar nicht mehr. Das lange Kleid Onangas bildete einen großen Schleier, der sich in der Strömung hin und her bewegte. Es sah fantastisch aus. Scheinbar war das für Onanga nichts Besonderes. Sie schaute, von kleinen Augenblicken abgesehen, immer nur nach vorne. Ohne jede Unsicherheit folgte sie einem für ihn unsichtbaren Weg durch den See. Vielleicht hatten sie den See inzwischen auch schon lange verlassen. Er konnte das nicht beurteilen. Es war ihm auch vollkommen egal. Wieder wollte er einfach nur jeden einzelnen Moment in sich aufsaugen und genießen. Er hätte das noch eine halbe Ewigkeit machen können.

„Hat dir die Reise durch das Wasser gefallen?"

Klar hatte es ihm gefallen. Erst in dem Moment, in dem er sich fragte, warum Onanga die Frage in der Vergangenheitsform gestellt hatte, wurde ihm klar, dass er neben ihr am Ufer stand. Vor ihnen breitete sich der riesige See – oder war es ein Meer? – aus, zu dem Onanga ihn ganz zu Beginn geführt hatte.

Sie zog ihn zu einem der kleinen Boote, die an verschiedenen Stegen festgemacht waren und fuhr mit ihm auf das Wasser hinaus. Anders als beim ersten Mal musste er nicht rudern. Diesmal war es so, wie bei den ganzen anderen Feen. Diesmal fuhr auch ihr Boot ganz von selber. Eine unglaubliche Ruhe legte sich über sie. Es dauerte nicht lange und der Himmel bereitete ihnen wieder sein wunderbares Farbenspiel. Ab und zu schoss ein langer grüner Schweif aus dem Himmel heraus. Die Kundschafter der Rivalen waren wieder unterwegs.

„Sie sind neugierig, wen ich bringe", erklärte Onanga. „Bald werden sie dich wiedererkannt haben."

Er fragte sich, was dann passieren würde. Da er nichts Böses im Sinn hatte, würden die sich bestimmt nicht weiter für ihn interessieren und sich wieder zurückziehen. Aber mit dieser Vermutung lag er falsch. Es schienen eher noch mehr, als weniger Kundschafter zu werden. Oder waren das gar nicht verschiedene Kundschafter und in Wirklichkeit war es nur einer ganz alleine, der einfach nur mit jeder dieser Wolken einen neuen Blick auf ihn werfen wollte? Er konnte es nicht sagen.

Inzwischen konnte er bereits die Silhouette des großen Schiffes erkennen, auf dem Onanga ihn ihrer Mutter, der Königin, vorgestellt hatte. Alle Segel waren gesetzt und blähten sich so, als ob ein starker Wind wehen würde. Der Bug des Schiffes tauchte immer wieder nach unten, um danach mit unwiderstehlicher Kraft wieder hoch gehoben zu werden. Das gesamte Verhalten des Schiffes war genau so, wie er sich ein solches Schiff in starkem Seegang vorstellte. Nur war das Wasser vollkommen glatt. Selbst die kleinen Wellen, die von ihrem Boot ausgingen, konnten sich nicht lange halten.

„Mein lieber Freund. Wir können das Schiff meiner Mutter nicht besuchen."

Er fragte sich, was mit dem Schiff, das immer stärker in den unsichtbaren Wellengang geriet, bloß los sein konnte. Natürlich passierten hier überall Dinge, die er sich mit seiner menschlichen Denkweise nicht erklären konnte, aber seltsamerweise war dieses mit dem Sturm kämpfende Schiff etwas, das ihm so unerklärlich war, dass er wirklich irritiert war.

Je näher sie an das Schiff herankamen, umso dunkler wurde der Himmel. Zunächst hatte er das gar nicht bemerkt, aber jetzt war es unübersehbar. Der Himmel war voll von Kundschaftern. Sie schossen in schneller Folge dicht an dicht vom Horizont heran und schafften es dadurch, den Himmel zu verdunkeln. Er hatte keine Idee, was das bedeuten sollte.

„Es ist nur eine Demonstration ihrer Macht. Sie wollen uns zeigen, dass sie darüber herrschen, ob wir Licht haben und ob unser Schiff in Ruhe seine Routen fahren kann."

Ihm kam das vollkommen sinnlos vor. Warum glaubten die Rivalen, dass sie so etwas machen mussten? Das Volk Onangas lebte doch restlos friedlich. Wo Onangas Leute waren, überkam ihn immer ein Gefühl der vollkommenen

Ruhe und Geborgenheit. Was konnte irgendjemand für ein Interesse daran haben, das zu zerstören?

„Nicht alles Leben auf dieser Erde ist alleine auf Harmonie bedacht."

Mehr konnte Onanga nicht mehr sagen, da jetzt auch das kleine Boot, in dem sie saßen von dem Sturm ergriffen wurde. Er setzte sich automatisch auf die Ruderbank und hielt sich an den niedrigen Bordwänden fest. Erst danach bemerkte er, dass Onanga im Bug nach wie vor einen festen Stand hatte. Es schien geradezu so sein, als ob sie fest mit dem Boot verbunden wäre.

Onanga drehte sich lächelnd zu ihm um. Er wusste nicht genau, ob in dem Lächeln auch ein bisschen Amüsiertheit über seine Angst zu lesen war. Da er ihre Hand losgelassen hatte, konnte sie ihm natürlich auch nichts mehr erklären. Er wusste allerdings auch nicht, ob er ihr überhaupt hätte zuhören können. Die Wellenbewegung des Bootes hatte beängstigende Ausmaße angenommen. Eine Achterbahnfahrt war nichts dagegen. Immer, wenn sich das Boot steil nach unten bewegte, schoss das Wasser über die niedrigen Bordwände in das Boot. Bei den ersten Talfahrten hatte er das zwar noch nicht wahrgenommen, weil er viel zu sehr damit beschäftigt gewesen war, sich festzuhalten. Jetzt aber sah er, wie sich der Bug mit Onanga wieder in den Himmel hob, wie das Wasser an ihm vorbei schoss und über das Heck wieder im See verschwand.

Onanga ließ sich im Takt des Auf und Ab nach vorne und nach hinten fallen. Erst als er selber sich ein bisschen an den Rhythmus gewöhnt hatte, merkte er, dass sie echtes Gefallen an der Fahrt zu finden schien. Ihr langes Kleid und ihr Haar wehten unverdrossen im Wind. So wie bei den Unterwasserwanderungen bewegte sich alles so, als ob es trockener nicht sein könnte. Als er in dem Moment zwischen der Bergfahrt und der unvermeidlich folgenden Talfahrt an seinen eigenen Kleidern herunterschaute, merkte er, dass er selber ebenfalls vollkommen trocken war.

Die nächste Talfahrt war noch rasanter als alle Talfahrten zuvor. Er war sich absolut sicher, dass es senkrecht nach unten ging. Auch Onanga verhielt sich diesmal anders als sonst. Bisher hatte sie sich immer nur nach hinten gelehnt. Diesmal hatte sie einen Fuß gegen den Bug gestemmt, um nicht umzufallen. Zusätzlich hatte sie sich so weit nach hinten gelehnt, dass sie mit ihrem Hinterkopf auf seinem Bauch lag. Wenn er für seine Füße keinen Halt auf einem der Spanten gefunden hätte, wäre er sicherlich nach unten gerutscht und hätte Onanga mit sich gerissen. So aber konnte er sich noch so gerade eben stabilisieren. Je länger die steile und rasend schnelle Fahrt aber ging, umso sicherer wusste er, dass das nicht gut enden konnte.

Dann sah er, wie sich Onangas Hand zu seiner Hand bewegte. So gerne er die Hand ergriffen hätte, er wusste, dass er ohne Chance auf Gegenwehr in den Abgrund gestürzt wäre, wenn er seinen Griff gelockert hätte. Onanga schien das alles aber nicht im Geringsten zu interessieren. Sie umfasste seine Hand und schaute ihn sorgenvoll an. Bevor er darüber nachdenken konnte, was das bedeutete hörte er ihre Stimme.

„Du musst das zweite Buch finden. Beginne in der Höhle."

Danach trieb sie in die Dunkelheit des Sees. Noch einen Moment lang konnte er ihre Silhouette erkennen, dann war sie verschwunden. Gleichzeitig verließ ihn das Gefühl der Geborgenheit, das er bei seinen Reisen mit Onanga immer empfunden hatte. Der Mangel an Atemluft machte ihm schlagartig klar, dass er jetzt nur noch ein ganz normaler Mensch unter Wasser war. Glücklicherweise konnte er weit über sich einen hellen Schein erkennen, auf den er ohne länger nachzudenken zu schwamm. Das Gefühl, sein Körper würde bald gegen seinen Willen versuchen zu atmen, wurde mit jedem seiner Schwimmzüge im gleichen Tempo stärker, in dem die Kraft seiner Schwimmzüge abnahm. Als er schon, die ersten Sterne vor seinen Augen sah, durchbrach er endlich die Wasseroberfläche.

Direkt neben ihm schwamm das kleine Boot, in dem er eben noch mit Onanga unterwegs gewesen war. Er zog sich an der niedrigen Bordwand ohne große Probleme hinein. Erst jetzt, wo die unmittelbare Gefahr vorüber war, schaute er sich um.

Er war noch immer auf Onangas See. Die Kundschafter hatten sich weit zurückgezogen. Es waren nur noch einzelne farbige Wolken zu erkennen, die mal in die eine und mal in die andere Richtung nach oben schossen. Aber so sehr er sich auch anstrengte, nirgendwo waren Spuren von Onanga oder ihrem Volk zu erkennen. Kein noch so kleines Schiff war auf der Oberfläche des Sees zu erkennen. Wohin er auch schaute, überall war nur Wasser und Horizont. Wenn in seinem kleinen Nachen wenigstens Ruder gewesen wären, dann hätte er die Chance gehabt, in irgendeine Richtung zu paddeln. Am besten weg von den Kundschaftern. Aber es waren keine Ruder im Boot. Ihm blieb nichts anderes übrig, als abzuwarten, was passieren würde. Vielleicht würde Onanga bald neben ihm aus dem Wasser auftauchen, ihn anlächeln und ihn zurück zu seiner kleinen Hütte am See oder wohin auch immer führen. Möglicherweise würde das Schiff mit Onangas Mutter irgendwo am Horizont auftauchen und ihn aufnehmen. Irgendetwas würde sicherlich passieren.

Er hielt stundenlang unermüdlich Ausschau. Irgendwann zog er dann eine weitere Möglichkeit in Betracht. Konnte es sein, dass er jetzt tagelang in diesem Boot hocken würde, um dann langsam zu verhungern?

Er sehnte sich immer mehr nach Onangas Ruhe und Souveränität. Sie hätte ihn vollkommen mühelos von diesem endlosen See heruntergeführt. Und wenn nicht Onanga, dann doch wenigstens das Amulett. Er griff sich zum wiederholten Mal an die Brust. Das Amulett, das ihn auf seinem Weg zu der Löwin unterstützt hatte, hing noch immer an seiner Stelle. Nur gab es keinerlei Kommentare. Selbst dieses Lachen, das manchmal gekommen war, wenn er einen besonders naiven Gedanken gehabt hatte, hätte seine Laune schon deutlich gehoben. Ab nichts kam. Es herrschte von dieser Seite aus absolute Stille. Wenn das kleine Boot nicht ab und zu geknarrt hätte, oder eine kleine Welle geplätschert hätte, hätte er sich in einem absolut geräuschfreien Raum befunden.

Der Wasserfall

Er wurde durch den abrupten Ruck geweckt, der durch das kleine Boot ging, als es im steinigen Uferbereich stecken blieb.

In der Hoffnung, dass sich während seines Schlafes der seltsame See von ihm verabschiedet hatte, richtete er sich auf und versuchte irgendetwas Vertrautes zu entdecken. Vielleicht war er ja sogar an seinem eigenen See gestrandet und nur ein paar Meter weiter würde seine schöne kleine Hütte stehen. Tatsächlich wuchsen die Bäume auch an diesem Ufer bis dicht ans Wasser. Aber es sah trotzdem anders aus. Die große Wasserfläche war von steilen hohen Bergen umgeben. Nach links und rechts schien sich die spiegelglatte Wasseroberfläche sogar noch bis hinter die Berge auszubreiten. Da sich die Felswände auf dem Wasser spiegelten, konnte er das nicht so genau erkennen.

Ohne zu wissen was ihn erwartete, stieg er aus dem Boot und kletterte über den steinigen Untergrund ans Ufer. Mit dem Gedanken im Hinterkopf, dass es wohl kaum einen See geben konnte, dessen Ufer komplett ohne Uferwege auskamen, entschloss er sich aufs Geradewohl in eine Richtung loszumarschieren. Es würde sich schon irgendwas finden. Obwohl das Ufer von vielen großen Felsbrocken gesäumt war, kam er zunächst gut voran. Je weiter er allerdings ging, umso öfter musste er ein Stück den Berg hoch steigen, um große Felsen umklettern zu können. Immer wieder blieb er stehen und hielt Ausschau nach irgendwelchen Lebenszeichen. Aber weder an seinem Ufer, noch am gegenüberliegenden Ufer konnte er irgendwas entdecken, das auf die Anwesenheit von Menschen hindeutete. Keine Felder, keine Rodungen, keine Fischerhütten. Er sah einfach nur vollständig unberührte Natur.

Das Amulett, das er noch immer an der Brust trug, hielt sich weiterhin komplett aus allem heraus. Egal wie intensiv er an den Schmuck dachte, egal ob er ihn mit einer Hand umfasste oder nicht. Es kam einfach nichts.

Da er nichts Besseres wusste, arbeitete er sich immer weiter an dem Ufer voran. Irgendwann hörte er erst leise und dann immer stärker ein Rauschen. Je näher er der Quelle des Geräusches kam, umso mehr war er sich sicher, dass hinter der nächsten Landzunge ein Wasserfall sein musste. Der Berg jedenfalls, an dessen Fuß er entlang kletterte, war steil genug und auch hoch genug dafür. Als er dann den riesigen Wasserfall vor sich sah, der sich tosend in den See stürzte, blieb er fasziniert von dem Naturschauspiel stehen.

An der Stelle, an der die Wassermassen auf die Oberfläche des Sees trafen, war vielleicht vor langer Zeit einmal Uferböschung gewesen. Irgendwann war sie von der gewaltigen Kraft des Wassers abgetragen worden und hatte einem tiefen Becken Platz gemacht, von dem aus das smaragdgrün gefärbte Wasser weiter in den See strömte. Statt dann aber bis weit in den See hinaus Wellen zu produzieren, war das Wasser schon nach wenigen Metern so spiegelglatt, wie der Rest des Sees. Die smaragdgrüne Farbe blieb noch etwas länger erhalten und verteilte sich in immer kleiner werdenden Verästelungen. Das Bild, das dabei entstand glich einem weit verzweigten Stammbaum, der sich langsam und stetig änderte.

Obwohl er von der Gischt des Wassers immer mehr durchnässt wurde, gelang es ihm nicht, ein paar Schritte zurückzutreten. Er wusste nicht, ob die unwirkliche Wasseroberfläche oder die weiße, schäumende Wassermasse des Wasserfalls ihn mehr faszinierte. Als er dem Wasserfall mit den Augen nach oben folgte, war es ihm nicht möglich die Stelle zu erkennen, an der der freie Fall des Wassers begann. Die links und rechts sichtbare senkrechte Felswand war sicherlich weit über hundert Meter hoch. Überall dort, wo sich in dem Felsgestein kleine Absätze gebildet hatten, konnte er üppigen Moosbewuchs erkennen. Sogar eine kleine Birke hatte es geschafft Halt zu finden. Da allerdings, wo die Wände einfach nur glatt und nass waren und Moos keine Chance hatte, versuchten Flechten ihr Glück.

„So langsam könntest du mal zur Besinnung kommen, mein Freund. Wir sind schließlich nicht zum Spaß hierhin geschickt worden."

Die Stimme des Amuletts kam ihm, angesichts des Wasserfalles so schwach und unbedeutend vor, dass er eine Zeit brauchte, um sie überhaupt zu registrieren.

„Hallo! Ist jemand zu Hause?" wollte das Amulett wissen.

Natürlich höre ich dich, antwortete er ihm in Gedanken, nur der Wasserfall, die ganze Landschaft hier. Das ist alles zu fantastisch. Ich habe so etwas noch nie gesehen.

„Ja, ja", hörte er das Amulett antworten. „Deshalb habe ich mich ja auch zurückgehalten. Nur irgendwann ist auch mal genug geschaut."

Widerstrebend musste er dem Amulett recht geben. Er war nicht zu seinem eigenen Vergnügen hier. Onanga hatte ihm, bevor sie in den Tiefen des Sees verschwunden war, noch den Auftrag gegeben, das zweite Buch zu suchen. Er sollte am Besten in der Höhle anfangen. Das war das Letzte gewesen, was er von ihr gehört hatte.

Nur wo sollte er hier eine Höhle finden? Hier war nur ein riesiger Wasserfall. Seine Augen glitten über die grünlich schimmernden nassen Felswände. Aber nirgends konnte er auch nur den kleinsten Hinweis auf eine Höhle finden.

„Na, endlich fängst du wieder an zu denken. Soll ich dir mal einen Tipp geben?"

Irgendwie sprach das Amulett diesmal ganz anders mit ihm. Er wusste nicht, ob das an der veränderten Stimme lag, durch die er das Amulett in seinen Gedanken hörte oder ob das Amulett sein Wesen geändert hatte.

„Bevor du da lange drüber nachdenkst. Du hast hier eine Aufgabe zu bewältigen, die in mein Ressort gehört. Nicht so eine Weicheinummer wie mit der Löwin die frisch Verliebten nicht widerstehen kann. Jetzt ist Männerarbeit gefragt."

Er wusste nicht, was er davon halten sollte. Das Amulett sah noch genauso aus, wie immer. Trotzdem hatte sich etwas geändert.

„Nicht Denken. Handeln."

Was sollte das jetzt? Erwartete das Amulett von ihm, dass er zurück zum Boot gehen sollte? War er einfach komplett in die falsche Richtung gegangen? Geradeaus jedenfalls ging es nicht mehr weiter. Da war der Wasserfall im Weg. Mit dieser Urgewalt würde er sich garantiert nicht anlegen.

„Gar nicht mal so dumm, der Kleine. Jetzt bringst du ‚Urgewalt' und ‚Männerarbeit' noch in einen richtig heroischen Zusammenhang und schon bist du im Spiel."

Was sollte er jetzt machen? Irgendwas mit dem Wasserfall. Soviel stand fest. Aber was? Durchschwimmen? Das wäre Selbstmord. Die Wassermassen würden ihn herunterdrücken. Er würde in irgendeinem Strudel hängen bleiben und nie wieder rauskommen.

Jetzt hatte er eigentlich eine Antwort von dem Amulett erwartet. Aber es kam keine. Vielleicht sollte er einfach nur um den Wasserfall herumschwimmen. Ja, natürlich. Das war doch das Einfachste überhaupt. Wieso war er da nicht früher drauf gekommen?

„Weil das keine Herausforderung ist, du Depp. Am besten holst du dir noch einen bunten kleinen Schwimmreifen", setzte das Amulett in zuckersüßem Tonfall hinzu. „Vielleicht vorher noch ein bisschen abkühlen. Erst die Zehenspitzen ins Wasser und dann langsam die Beine benetzen…Männerarbeit sieht anders aus!"

Die letzten Worte hatte er fast so empfunden, als ob ihm irgendjemand direkt ins Ohr gebrüllt hätte.

Als er sich von dem Schrecken erholt hatte, stellte er fest, dass er jetzt noch immer nicht wusste, was von ihm erwartet wurde. Statt herumzuschreien wäre es wesentlich praktischer gewesen, wenn ihm das Amulett einfach mal eine klare Anweisung erteilt hätte. Irgendwas wie ‚Dreh um' zum Beispiel wäre so eine klare Anweisung gewesen.

Er hörte ein resigniertes Stöhnen und dann endlich die erhoffte Anweisung.

„Du musst hinter den Wasserfall gehen. Wie kann man nur so dämlich sein, so etwas nicht selber herauszufinden?"

Dankbar, endlich eine klare Ansage bekommen zu haben, kletterte er weiter am Ufer entlang. Irgendwo würde sich schon ein Weg zeigen, den er nehmen konnte, um hinter den Wasserfall zu kommen. Wahrscheinlich sah das Spektakel des herabfallenden Wassers dann sogar noch gewaltiger aus.

Irgendein Gefühl sagte ihm, dass das Amulett gerade genervt die Augen verdrehte. Und schon nach wenigen Schritten wusste er warum. Es gab garantiert keinen Kletterweg entlang des Felsens, der ihn zu seinem Ziel gebracht hätte. Da wo er jetzt stand gab es zwischen der glatten Felswand und dem Wasserfall keinen Abstand. Das Wasser schoss, wie in einem Kamin, direkt am Felsen herunter. Er fragte sich, wieso ihm das vorher nicht aufgefallen war. Er hatte doch an der Felswand hoch geschaut. Also ging er wieder ein Stück zurück und stellte dann fest, dass sich dieser Kamin erst fünf oder sechs Meter über ihm ausbildete. Darüber war tatsächlich so etwas wie ein Absatz, auf dem ebenfalls Wasser landete. Nur eben bei weitem nicht so viel, wie in dem Becken in der Mitte des Wasserfalls.

Ein paar Minuten später stand er auf dem erhöhten Absatz. Das Amulett hatte keine Kommentare mehr von sich gegeben. Also schien er auf dem richtigen Weg zu sein.

Nur, wie sollte es jetzt weiter gehen? Auch von dem Absatz aus gab es keinen Weg hinter den Wasserfall. Nur viel Wasser, das von oben auf ihn herabprasselte gab es auf dem Absatz. Und ziemlich viel glitschigen Untergrund. Wieder hatte er keine Idee, wie es weitergehen sollte.

„Vielleicht traut sich Weichei mal einen Blick über die grauenvolle Klippe zu werfen?" schlug das Amulett genervt vor.

Um sicheren Stand bemüht, wagte er sich immer weiter nach vorne. Als er den Blick nach unten werfen konnte, erkannte er noch immer nichts. Von dem direkt vor seinem Kopf tosenden Wasser mal abgesehen.

Also zog er sich vorsichtig wieder zurück.

„Naja. Hätte ja sein können", kommentierte das Amulett. „Um ehrlich zu sein: So genau weiß ich das jetzt auch wieder nicht."

Er wusste nicht, ob er das Amulett jetzt richtig verstanden hatte. Bisher war er immer davon ausgegangen, dass das Amulett und natürlich auch Onanga immer sehr genau wussten, wie die einzelnen Probleme zu lösen waren. Und jetzt kam so ein seltsamer Spruch.

„Natürlich weiß ich, wo du hin musst. Ich weiß nur nicht, wie du das mit den ganzen Einschränkungen hinbekommen sollst, die du als Mensch nun einmal hast. Ich hatte von Anfang an gesagt, dass es eine dämliche Idee ist, einen Menschen zu schicken. Nämlich genau wegen dem Wasserfall. Wärest du ein Baumstamm, dann könnte ich dir erklären in welche Richtung du dich fallen lassen müsstest, um hinter der Wasserwand Halt zu finden. Du bist aber kein Baumstamm."

Na super, dachte er sich. Danach würde der Baumstamm dann vermutlich so lange da liegen bleiben, bis das Wasser es irgendwann geschafft haben würde, ihn zu zerstören. Wobei er sich gar nicht so sicher war, ob das schnell oder erst nach hundert Jahren erledigt sein würde.

Immerhin hatte das Amulett ihm die Info gegeben, dass genau in der Mitte hinter dem Wasserfall ein Absatz – vermutlich der Eingang zur Höhle – liegen musste. Wieder suchte er die Felswand nach irgendwelchen Stellen ab, die ihm dabei helfen konnten, irgendwie hinter das Wasser zu kommen.

Wenn er wenigstens ein langes Seil hätte. Dann könnte er versuchen einen Weg bis zur obersten Kante des Wasserfalls zu suchen und sich von dort aus abseilen. Er hatte das mal in einem Film gesehen. Hatte eigentlich ganz einfach ausgesehen. Irgendwie das Seil unter den Hintern legen und dann langsam immer mehr kommen lassen. War vermutlich irgendwas mit so einem Flaschenzugeffekt. Das eigene Gewicht wurde irgendwie halbiert oder so. So genau wusste er es eigentlich dann doch wieder nicht. Aber einen Versuch wäre es Wert gewesen.

„Du könntest dir vielleicht was aus Lianen oder so zusammenbauen."

So langsam gewann er die Überzeugung, dass das Amulett eine ziemliche Fehlbesetzung war. Wie sollte er nur mit so einem schwachsinnigen Vorschlag umgehen? Hatte das Amulett zu viel Tarzan geschaut oder so? Er wollte doch einfach nur Onanga bei der Suche nach dem Buch helfen. Dafür musste er offenbar in diese Höhle, die von dem Wasserfall, den er jetzt gar nicht mehr so toll fand, verborgen wurde.

Vielleicht gab es ja noch einen zweiten Eingang.

„Wäre einen Versuch wert. Ich kann dir nur leider keinen Tipp geben, wo du suchen kannst. Ich kenne nur den Eingang hinter dem Wasserfall. Aber macht nichts. Ich habe Zeit und halte mich jetzt mal mit Hilfestellungen zurück. Das scheint bei dir ja ohnehin nicht so gut anzukommen. Immer diese Typen, die glauben nur alleine klar kommen zu können."

Jetzt wurde das Amulett auch noch infantil. Schmollphase. Vermutlich würde er ohne dessen ‚Hilfe' wirklich alleine besser klar kommen. Das Problem war nur, dass er nicht wusste wie. Wieder ging sein Blick den Wasserfall entlang. Es gab einfach keine Möglichkeit an der Felswand entlang zu klettern. Alles war viel zu glatt, viel zu rutschig und viel zu nass. In jedem halbwegs vernünftigen Film würde der Held natürlich trotzdem einen Weg finden mit dem niemand gerechnet hätte. Nur war er leider nicht in solch einem Film. Er stand einfach nur vor einem gigantischen Wasserfall und hatte keine Ahnung, wie es weitergehen sollte.

Er beschloss ein letztes Mal zu prüfen, ob es von der Stelle aus, an der er stand, nicht doch einen Weg gab. Also tastete er sich langsam an der glatten, nassen Felswand entlang. Immer darauf bedacht, nicht den Halt unter den Füßen zu verlieren, arbeitete er sich Zentimeter für Zentimeter weiter vor. Dabei versuchte er jeden sich bietenden Ritz im Fels mit Händen oder eigentlich eher mit den Fingerspitzen zu greifen. Am Ende stand er nur noch mit dem halben Fuß auf festem Grund. Es hatte keinen Sinn. Alles, was er erreichen konnte war in das tosende Wasser zu fallen und dort zu ertrinken.

Wobei das Wasser bei genauer Betrachtung eigentlich gar nicht so schrecklich aussah. Schon ganz am Anfang war ihm aufgefallen, dass die spiegelglatte Oberfläche des Sees von dem Wasserfall gar nicht so stark gestört wurde, wie es normalerweise der Fall gewesen wäre. Schon ein paar Meter nach dem Auftreffen des Wasserfalls war alles wieder glatt. Vielleicht war das ja die Lösung.

So schnell er konnte, kletterte er wieder zurück und stieg unweit des Wasserfalls in das überraschend warme Wasser. Er war jetzt nur ein paar Meter von dem riesigen Wasserfall entfernt. Trotzdem war das Wasser vollkommen ruhig. Es gab keinerlei Strömung. Er hatte nicht die geringste Idee, wie das funktionieren konnte. Schließlich fielen sekündlich zig Liter Wasser in den See. Das musste doch irgendwo hin.

Wie bei so vielen Dingen in dieser fremden Welt konnte er es einfach nur hinnehmen und versuchen sein Ziel zu erreichen. Jeder Versuch, das mit den Naturgesetzen zu erklären, die er in der Schule mal gelernt hatte, konnte nur scheitern.

Vorsichtig schwamm er an den Wasserfall heran. Versuchsweise testete er, ob er seinen Arm in das herunterbrausende Wasser halten konnte. Sofort wurde der Arm von dem Wasserfall erfasst und nach unten gerissen. Der Schlag, den er dabei auf den Arm bekam war so stark, dass er einen Moment lang sogar Angst hatte, der Arm wäre gebrochen.

Der Weg hinter den Wasserfall lag damit in jedem Fall nicht oberhalb der Wasseroberfläche. Als der Schmerz in seinem Arm langsam wieder abgenommen hatte, holte er tief Luft und taucht ein paar Schwimmzüge nach unten. Er wollte ausprobieren, ob der Wasserfall unter der Wasseroberfläche die gleiche Kraft ausübte, wie darüber. Obwohl er in dem recht klaren Wasser gut sehen konnte, arbeitete er sich langsam suchend vorwärts. Immer in der Erwartung eines plötzlichen harten Widerstandes, fühlte er sich wie beim Suchen der Wand in einem vollkommen abgedunkelten Raum.

Als ihm langsam die Luft ausging, warf er einen Blick nach oben. An der weißlich gekräuselten Wasseroberfläche erkannte er, dass er sich schon zum größten Teil unter dem Wasserfall hindurch gearbeitet hatte. Ohne sich weiter Sorgen um eine unsichtbare Mauer zu machen, tat er ein paar entschlossene Schwimmzüge und tauchte in einem kleinen Becken auf, das bisher vor seinen Blicken verborgen geblieben war. Der Teil des Beckens, der nicht von dem Felsen begrenzt war, wurde von dem Wasserfall, wie durch einen dicken rauschenden Vorhang abgeschlossen.

„Cool", meldete sich das Amulett wieder zu Wort.

Obwohl er für das Erreichen des Beckens sicherlich nur ein paar Minuten gebraucht hatte, hatte er das Amulett vollkommen vergessen. Scheinbar hatte es seine Schmollphase ebenfalls vergessen. Umso besser. Denn jetzt, wo er sich so umschaute merkte er, dass ein guter Tipp von Nöten war. Er sah nämlich keine Möglichkeit aus dem Becken herauszukommen. Überall waren nur die steilen Felswände. Zumindest, wenn er mal von dem Wasserfall absah.

„Tja", kommentierte das Amulett. „Mit dem Weg, den du gewählt hast, erwischst du mich echt auf dem falschen Fuß. Zumindest, wenn mir so eine Redewendung gestattet ist", fügte das Amulett lachend hinzu.

Er konnte nur hoffen, dass das Amulett sich auf der Suche nach dem Buch auch mal als hilfreich erweisen würde.

„Naja, immerhin habe ich dir gesagt, dass du hinter den Wasserfall musst", rechtfertigte sich das Amulett. „Dass du einen Zugang gewählt hast, den ich nicht kenne, ist nicht mein Fehler."

Er erinnerte sich, dass das Amulett noch vor ein paar Minuten gemeckert hatte, dass es überhaupt nicht wüsste, wie er als Mensch überhaupt hinter den Wasserfall kommen sollte. Aber es nutzte auch nichts, mit dem Amulett herum zu lamentieren. Er musste einfach sehen, wie es weitergehen konnte. Jedenfalls war es keine gute Idee die nächsten Stunden damit zu verbringen in diesem kleinen Becken hin und her zu schwimmen und sich mit dem Amulett darüber zu unterhalten, ob es eine Fehlbesetzung war oder ob er am Ende selber die eigentliche Fehlbesetzung war. Wichtig war jetzt einfach nur eines: Er musste weiter kommen.

Nachdem er erfolglos die gesamte Felswand nach verborgenen und weniger verborgenen Hinweisen untersucht hatte, die ihm vielleicht irgendeine Idee gebracht hätten, schwamm er mit einem einzigen kleinen Schwimmstoß wieder zurück in die Mitte des Beckens.

Er war sich jetzt sicher, dass es kein Weiterkommen gab.

„Zumindest keines, das du von hier aus sehen kannst", vervollständigte das Amulett seinen Gedanken.

Das war dann tatsächlich mal ein vernünftiger Beitrag. Er holte tief Luft und tauchte in das Becken ab. Tatsächlich fand er schon nach kurzem Suchen, vielleicht zwei Meter tiefer so etwas wie einen röhrenförmigen Höhleneingang. Er schwamm schnell bis an dessen Rand und versuchte irgendetwas im Inneren des Eingangs zu erkennen. Ein Licht wäre jetzt ganz praktisch gewesen.

„Sorry. Ich kann nicht zaubern."

Er ignorierte den Beitrag des Amuletts und tauchte wieder auf. Was sollte er machen? Er wollte das Buch finden. Und der Weg führte offenbar durch diese Unterwasserhöhle. Also holte er wieder einmal tief Luft und machte sich auf den Weg.

Ohne Zeit zu verlieren machte er einen letzten kräftigen Schwimmzug und verschwand in der Röhre. Er bekam seine Arme gerade früh genug wieder vor sich, um sich an der Felswand abzustützen, gegen die er sonst mit Sicherheit mit seinem Kopf geknallte wäre. Da er im weiteren Verlauf des Tunnels fast nichts sehen konnte, musste er ertasten, wo es weiter ging oder ob es vielleicht sogar gar keinen weiteren Weg gab.

Es gab einen Weg. Wenn sein Gefühl ihn nicht trog, dann führte er nach rechts. Vorsichtig tastete er sich weiter voran. Bevor er ernsthaft darüber nachdenken musste, ob er lieber doch umkehren sollte – seine Luft war ohne Onanga an seiner Seite sehr begrenzt – sah er vor sich einen Lichtschein. Also gab es so etwas wie einen Ausgang oder eine große Höhle, in die Tageslicht fiel.

Gleichzeitig mit seinem ersten Schwimmstoß in Richtung des Lichtes merkte er, dass er in eine Strömung geriet, die ihn in die Richtung trug, in die er wollte. Kurz danach wurde er mit einem Schwall Wasser ausgespien und landete wieder in einem kleinen Wasserbecken. Nur war dieses Becken von einer großen, mit Pechfackeln beleuchteten Höhle umgeben.

„Ah", flüsterte das Amulett und bevor er überlegen konnte, warum das Amulett flüsterte, wo es doch ohnehin nur Gedanken waren, die er hörte, erklärte das Amulett noch immer mit gedämpfter Stimme:

„Jetzt kenne ich mich wieder aus. Die Höhle gehört zum Reich eines einsamen, alten Mannes, der im Ruf steht jeden Besucher nur einmal zu empfangen."

Eigentlich seltsam dachte er. Warum lud der denn nie jemanden ein zweites Mal ein? Es musste doch auch mal ein Besucher dabei sein, den er interessant fand.

„Hm", machte das Amulett, wobei es die kleine Silbe so klingen ließ, dass klar war, dass er irgendwas falsch verstanden hatte. „Vermutlich habe ich mich nicht klar genug ausgedrückt. Es ist eher so, dass er seine Besucher zwar empfängt, aber es sind nur sehr wenige Fälle überliefert, in denen jemand beobachtet hat, dass einer der Besucher sein Reich jemals wieder verlassen hat. Du verstehst?"

Der Bibliothekar

Er hatte keine Ahnung, warum Onanga ihn in eine Höhle geschickt hatte, die von einem Mann beherrscht wurde, der seine Besucher nicht wieder heraus ließ.

„Um das Buch zu finden", erinnerte ihn das Amulett. „Und jetzt plansch hier nicht lange in dem Pool herum. Besser, du kommst in die Gänge."

Die Bezeichnung Pool für das Becken, in dem er sich befand, war dann doch ein bisschen sehr geschönt. Andererseits. Mit dieser Beleuchtung. War gar nicht mal so uninteressant. Mehr für Touristen abseits von ‚All inclusive', aber ganz bestimmt gut zu vermarkten. ‚Baden im Höhlensee' wäre sicherlich eine Werbung, auf die der Eine oder Andere anspringen würde. Um korrekt zu sein, schickte er seinem Gedanken hinterher: Oder die Eine oder Andere.

„Es ist wirklich an der Zeit. Ich kenn das hier. Am besten, du paddelst zu der Treppe und gehst die einfach mal hoch."

Als er das Wasser verlassen hatte und die ersten Stufen gegangen war, bildete sich über dem Wasser eine dicke Nebelschicht. Das hatte das Amulett wohl gemeint. Wahrscheinlich hätte er die Treppe in dem Nebel gar nicht mehr gefunden.

Ohne sich weiter Gedanken um den Nebel zu machen, stieg er die Treppe, die sich an der Höhlenwand entlang schlängelte immer weiter hoch. Immer wenn er den Blick hob, sah er die Fackeln, die die Treppe perfekt ausleuchteten und ihm gleichzeitig einen guten Eindruck von der Form der Höhle gaben. Sie war wie ein riesiger Zylinder geformt. Nicht superregelmäßig. Es gab immer mal kleine Abweichungen. Aber im Großen und Ganzen war es ein Zylinder und die Treppe war eine fast perfekte Spirale.

Ein paar Minuten später musste er seinen Gedanken ergänzen. Es schien eine endlose Spirale zu sein. Wenn er mal davon ausging, dass er jetzt wirklich in dem Fels hinter dem Wasserfall war, dann bedeutete das, dass er nach hundert oder zweihundert Höhenmetern eigentlich am Ziel angekommen sein musste. Er blieb einen Moment stehen, um zu zählen, wieviel Wendel er bereits gegangen war. Jetzt erst stellte er fest, dass sich der Nebel zusammen mit ihm nach oben bewegte. Er konnte kaum mehr als ein dutzend Treppenstufen unter sich erkennen. Der Rest war bereits in Nebel gehüllt.

Seltsamerweise blieb das auch genau so. Möglicherweise bewegte sich der Nebel genau mit ihm. Um das auszutesten zählte er die nächsten Stufen, die er ging mit und hielt nach zehn Stufen wieder an. Der Blick nach unten bestätigte seinen Verdacht.

Kopfschüttelnd über dieses weitere Phänomen aus Onangas Welt stieg er weiter die Treppe hoch, bis er vollkommen unerwartet vor einer schweren Holztüre stand. Er war unter dem Dach der Höhle angekommen. Der Nebel unter ihm wartete geduldig.

„Worauf wartest du?" wollte das Amulett wissen. „Ich kann dir die Türe nicht öffnen. Meines Wissens hast du zwei Hände an deinen Armen montiert, die für solch eine Aufgabe bestens geeignet sind. Ich habe hier auch schon mit einem Hirsch gestanden. Schönes Tier. Ich muss schon sagen. Wirklich schönes Tier. Nur bis der sein sperriges Geweih endlich so in den Türgriff gepult hatte, dass er die Türe öffnen konnte, waren wir schon fast aus dem Zeitlimit rausgefallen. Du kannst dir vorstellen, dass die restlichen Aufgaben dann unter ziemlichem Stress gelöst werden mussten. Was soll ich sagen? Hat nicht geklappt."

Er hatte mal wieder keine Ahnung, wovon das Amulett redete. Zeitlimit? War er hier etwa in so einer komischen Samstag-Abend-Show gelandet?

„Ich erkläre es dir später. Jetzt mach einfach weiter."

Kopfschüttelnd legte er die Hand auf den Türgriff und zog die Türe auf.

Er stand in einem Raum, der ihn spontan an eine Bibliothek erinnerte. Keine Bibliothek, wie in einer Uni und auch keine Bibliothek wie die Stadtbibliothek. Diese Bibliothek war eine Bibliothek wie die, in die sich vor mehr als hundert Jahren die Herrschaften alter Anwesen nach dem Essen zurückgezogen hatten, um die Weltpolitik zu diskutieren. Es war eine Bibliothek, wie sie nur in einem wirklich alten, von einem großen Park umgebenen, herrschaftlichen Anwesen existieren konnte. Oder vielleicht eine Bibliothek, die einem alten, erwürdigen Herrenclubs zur Ehre gereicht hätte. Er konnte förmlich sehen, wie die alten, selbstsicheren Männer in den mondänen Ledersesseln saßen und sich von dem livrierten Butler Getränke servieren ließen. Irgendwas Bernsteinfarbenes in schweren Kristallgläsern. Sie würden das Glas gegen das Licht halten und sich an der Farbe erfreuen. Das Licht in dieser Bibliothek fiel durch hohe Fenster in den Raum. Fenster, an denen samtene Vorhänge hingen, die im unteren Drittel mit einer dicken, golddurchwirkten Kordel gerafft und zur Seite gezogen waren.

Die Wände waren ausgefüllt von Bücherregalen, die aus dunklem Holz gefertigt waren und ausnahmslos Bücher enthielten, deren Rücken aus brüchigem Leder bestanden. Um auch an die oberen Reihen reichen zu können, gab es an jeder Wand eine hohe, fahrbare Leiter.

Als er einen Schritt in den Raum machte, breitete sich eine ungeheure Ruhe aus. Seine Schritte waren durch den dicken Teppich gedämpft.

„Nur Mut", wisperte das Amulett. „Du machst das wirklich gut."

Ihm war nicht wirklich klar, wofür er hier Mut brauchte. Es war einfach nur eine wundeschöne alte Bibliothek mit unzähligen alten Büchern.

Erst bei diesem Gedanken wurde ihm klar, dass er auf der Suche nach dem Buch für Onanga war. Falls diese Bibliothek sein Ziel sein sollte, würde er wohl eine ganze Zeit brauchen, bis er das richtige Buch gefunden hatte. Wobei er gar keine Idee hatte, wie er das richtige Buch überhaupt erkennen sollte. Selbst, wenn er es in der Hand halten sollte, wäre es doch nur ein altes Buch unter all den anderen alten Büchern.

„Komm doch näher."

Jetzt war es nicht das Amulett, das gesprochen hatte. Diesmal war es eine echte Stimme. Zweifelsfrei die Stimme eines sehr alten Menschen.

Er ging vorsichtig in die Richtung, aus der er die Stimme vernommen hatte. Es musste einer der Sessel sein, die er nur von hinten sehen konnte und deren Rückenlehne – so wie bei den anderen Sesseln auch – so hoch war, dass selbst ein aufrecht sitzender großer Mensch davon verborgen worden wäre.

Um nicht unhöflich zu sein, aber auch ein bisschen aus Angst vor dem was ihn erwarten würde, wenn er nicht näher kommen würde, ging er auf dem, jeden Laut schluckenden, schweren Teppich in einem kleinen Bogen um die Sessel herum, bis er den Mann sah, der zu ihm gesprochen hatte.

Vor ihm saß ein alter weißhaariger Mann. Große Teile seines hageren Gesichtes waren durch seinen langen, dichten Bart und die zum Pony geschnittenen Haare verdeckt. Der Mann schaute ihn mit seinen smaragdgrünen Augen interessiert an.

Der Mann machte eine einladende Geste, sich zu setzen. Dabei entblößte er eine seiner knorrigen Hände. Jeder seiner Finger war mit schweren, ziselierten Ringen geschmückt. Nach der Geste verschwand die Hand wieder in den weiten Ärmeln seines Morgenmantels.

„Willkommen in meinem kleine Reich, Ian. Ich darf dich doch Ian nennen?"

Ian spürte den Kloß in seinem Hals, als er „ja" krächzte.

„Du bist ein bisschen verängstigt, Ian. Das ist aber ganz normal. Jeder, der mich hier besucht ist verängstigt. Deshalb schlage ich vor, reden wir erst einmal ein bisschen vor uns hin."

Ian wusste nicht, was er sagen sollte und war froh, dass der alte Mann das aufkommende Schweigen brach.

„Verzeih meine Unhöflichkeit. Ich habe mich noch gar nicht vorgestellt. Nenn mich einfach den Bibliothekar. Es würde mir eine Freude sein."

Wieder brach Stille aus.

„Du musst etwas sagen", wisperte das Amulett mit dieser Intensität, die nur zustande kommt, wenn jemand unter großen Druck steht, aber trotzdem nicht laut reden darf.

„Nein", sagte der Bibliothekar, als ob er die Aufforderung des Amuletts gehört hätte. „Du bist nicht dazu verpflichtet, irgendetwas zu sagen. Nichts ist schlimmer als die jungen Leute, die wie ein Wasserfall vor sich hin plappern."

Bei dem Wort ‚Wasserfall' hatte Ian den Eindruck, dass sich für einen kurzen Moment die Spur eines Lächelns auf dem Gesicht des Bibliothekars ausgebreitet hatte.

„Mist", wisperte das Amulett, „er kann mich hören. Sorry Kumpel, ich zieh mich mal zurück."

Wieder sah Ian dieses kurze Lächeln auf dem Gesicht des Bibliothekars.

„Ist die Bibliothek eigentlich echt?" brach es aus Ian hervor, bevor er überhaupt nachdenken konnte. „Ich meine, ist das eine Bibliothek, die einer anderen Bibliothek nachgebaut ist oder ist die schon immer hier gewesen?"

Der Blick des Bibliothekars ging einmal langsam an den Regalen entlang, als ob er die ganze Pracht der vielen Bücher neu erfassen wollte.

„Diese Bibliothek war schon immer hier. Jedes der Bücher ist ein Unikat. Jedes ist mit großer Liebe gebunden. Wie du siehst gibt es Bücher, deren Rücken noch glänzend und glatt sind und andere, die brüchig und alt wirken."

Ian folgte dem Blick des alten Mannes und stellte fest, dass seine erste Beobachtung, bei der er nur brüchige Bücherrücken gesehen hatte, tatsächlich nicht stimmte. Bei genauerem Hinsehen konnte er alle Formen von Büchern erkennen. Was das wohl für Bücher waren? Der Bibliothekar hatte gesagt, dass jedes Buch ein Unikat sei.

„Sind das so alte Bücher? Ich meine: Sind das Bücher, die noch in den alten Klostern von Mönchen handschriftlich angefertigt wurden? Die mit diesen kunstvollen, wunderschönen Zeichnungen? Ich habe mal eines gesehen, wo der

Anfangsbuchstabe eines jeden Kapitels so groß gezeichnet war, dass er über mehrere Zeilen reichte. Die Kalligraphie war so verzweigt, dass man den eigentlichen Buchstaben gar nicht mehr erkennen konnte."

„Solche sind auch dabei", nickte der Bibliothekar.

„Darf ich mal schauen?"

„Später. Vielleicht später. Warum interessieren dich alte Bücher?"

Ian musste nicht lange überlegen.

„Sie machen mir immer wieder klar, dass die Menschen auch früher klug waren. Manchmal erwische ich mich bei dem Gedanken, dass nur wir mit unserem Internet und all dem angehäuften Wissen die wirklich klugen Menschen sind. Aber letztlich sind wir doch nur so weit, weil Millionen von Menschen vor uns all dieses Wissen erarbeitet haben. Im Studium hatten wir eine Bibliothek, in der wir die Bücher nicht ausleihen durften. Wenn wir etwas daraus wissen wollten, dann mussten wir uns an einen der Tische setzen und den betreffenden Teil studieren oder kopieren. Also auf einem Kopierer.

Manchmal habe ich mir einfach nur die Bücher mit den ganz kleinen Rückennummern angeschaut und darin geblättert. Die waren alle so um 1900 gedruckt worden. Wissenschaftlich gesehen sicherlich überholt oder zumindest um vieles zu ergänzen. Aber trotzdem. Die Bücher waren noch da und um ehrlich zu sein: Ich habe nur das Wenigste von dem verstanden, was die sich damals schon erschlossen hatten. Das war immer wie so eine kleine Zeitreise."

„Also bist du wirklich ein Liebhaber dieser alten Schätze. Wie schön. So jemanden habe ich schon lange nicht mehr hier sitzen gehabt."

„Kommen denn öfters Menschen zu Ihnen? Also ich meine, wenn ich an den Weg denke, den ich genommen habe, dann hätte es mich nicht gewundert, wenn ich sogar der Erste wäre, der hier sitzt."

„Nein", diesmal war das Lächeln lange und deutlich auf seinem Gesicht zu erkennen, „du bist nicht der Erste. Und du wirst auch nicht der Letzte sein. Ich freue mich nur darüber, dass du Bücher magst. Die spielen in meinem Leben auch eine wichtige Rolle."

„Wenn Sie der Bibliothekar sind, dann ist das kein Wunder. Aber all diese Bücher. Kennen Sie denn jedes davon? Soviel kann man doch in einem Leben gar nicht lesen."

„Und du? Würdest du denn all diese Bücher lesen, wenn du an meiner Stelle sein würdest?"

„Wie sollte ich das machen? Um ehrlich zu sein, ich wüsste so spontan gar nicht, was ich machen würde. Vermutlich würde ich erstmal versuchen, mir einen Überblick darüber zu verschaffe, was das für Bücher sind. Irgendwie so eine Art Ordnung nach Inhalten. Wahrscheinlich wäre ich damit ein paar Tage beschäftigt. Ach, was sage ich? Das würde wohl eher Monate dauern. Also nur das Sichten. Und dann würde die eigentliche Arbeit ja erst anfangen. Jedes einzelne Buch erfassen. Autor, Druckdatum, Thema..."

„Du bist ein ordnungsliebender Mensch."

Die Stimme des Bibliothekars klang merkwürdig weich. In seinen Augen war ein Blick zu erkennen, den normalerweise nur kleine Kinder bekommen, wenn sie wieder einmal stolz etwas Neues entdeckt haben.

„Naja", Ian dachte an seine Wohnung. Speziell die Küche. „Das liegt wohl eher daran, dass ich Bücher mag. Insbesondere solche schönen alten Bücher. Ich meine, wenn man etwas in der Hand hält, woran ein anderer Mensch so lange gearbeitet hat, muss man das doch mehr würdigen, als ein Buch, das als Massenware produziert wird. Da gibt es zwar noch immer den Menschen, der sich das alles ausgedacht hat, oder der das alles zusammengetragen hat, aber diese unglaubliche Arbeit, das alles nochmals in sauberen kunstvollen Buchstaben abzuschreiben, die fehlt diesen Büchern."

„Aber was wäre die Welt ohne die gedruckten Vervielfältigungen?"

„Ja, klar. Bildung ohne Bücher vermitteln ist fast nicht möglich. Also zumindest galt das in der Zeit vor den Computern. Ich meine ja auch nur, dass solche alten Bücher noch mal einen drauf setzen. Die sind einfach der absolute Luxus. Kann man das so sagen?"

„Ich denke, ich weiß was du meinst", nickte der Bibliothekar und ließ seinen Blick nochmals über die Bücherwände streichen. „Und was meinst du. Wenn man einen solchen Schatz zusammengetragen hat. Sollte man ihn zusammenhalten?"

„Natürlich", antwortete Ian, ohne auch nur eine Sekunde zu zögern. Als der Bibliothekar ihn abwartend anschaute, dachte Ian über seine Antwort nach und wollte sie unbedingt noch ergänzen, was aber gar nicht so einfach war.

„Es wäre so schade darum. Andererseits ist es auch nicht richtig, das alles nur an einem Ort aufzubewahren, den niemand erreichen kann. Also zumindest nicht auf einem Weg, wie ich ihn normalerweise beschreiten würde."

Ian machte eine Denkpause.

„Ach herrje. Jetzt bin ich aber auf einmal auf dünnem Eis. Wenn ich Ihnen jetzt vorwerfe, dass Sie diese Schätze versteckt halten, werden Sie möglicherweise sauer auf mich sein. Das kann ich nur im Moment überhaupt nicht gebrauchen. Andererseits wüsste ich allerdings auch nicht, warum ich nicht meine Meinung äußern sollte, wenn Sie mich schon danach fragen."

Der Bibliothekar nickte bedächtig.

„Du musst keine Angst haben. Solange du ehrlich bist, bist du hier sicher. Niemand wird dir etwas antun. Du bist also der Meinung, dass diese wunderbare Bibliothek irgendwo aufbewahrt werden sollte, wo sie jeder besuchen kann?"

Ian schossen Bilder von gelangweilten Schülern durch den Kopf, die ‚gezwungen' wurden, einmal durch die Bibliothek zu gehen. Kaugummikauend, mit dem Smartphone spielend. Nein das wollte er bestimmt nicht. Er wollte auch nicht, dass hektischer Touristengruppen durch diesen Raum geschleust wurden, die nichts anderes im Sinn hatten, als massenweise Photos zu schießen und sich danach in den Reisebus zu setzen, der sie zur nächsten Attraktion bringen würde.

Er dachte eher an Menschen, die diese Bücher achteten. Vielleicht Historiker, die über irgendein furchtbar spezielles Thema recherchierten und genau in dieser Bibliothek den entscheidenden Hinweis entdecken würden. Dabei würde jedes Buch mit größter Sorgfalt behandelt. Kein hektisches Blättern. Womöglich mit permanent von Speichel angeleckten Fingerkuppen. Ian verzog bei diesem Gedanken angewidert das Gesicht.

„Ich glaube, dass das hier viel zu wertvoll ist, um ungebremst der großen Öffentlichkeit zugänglich gemacht zu werden. Aber wenn jemand, der das zu schätzen weiß, hier studieren kann, dann sollte er die Chance dazu haben."

Der Blick des Bibliothekars war immer weicher geworden.

„Und? Ian? Wärest du so jemand? Würdest du dich freuen, wenn du die Erlaubnis hättest, hier zu recherchieren?"

Plötzlich kam ihm Onanga wieder in den Sinn.

„Ich habe tatsächlich eine Aufgabe. Nur weiß ich überhaupt nicht, wie ich die lösen könnte. Onanga, eine wunderschöne Fee. Die schönste und liebevollste, die man sich nur vorstellen kann. Sie hat mir so viele wunderbare Dinge in dieser Welt gezeigt..."

Seine Gedanken drohten in die Erinnerungen an die Stunden mit Onanga abzugleiten.

„Also diese Onanga hat mich gebeten ihr ein Buch zu besorgen, zu dem sie selber keinen Zugriff hat. Natürlich habe ich mich bereit erklärt ihr zu helfen. Das hat mich auf sehr seltsamen Wegen hier hin geführt. In diese Bibliothek. Und jetzt sitze ich hier vor Ihnen und wir unterhalten uns über die Schönheit dieser vielen Bücher. Wenn ich etwas zu recherchieren hätte, würde ich mich wahnsinnig darüber freuen, wenn ich von Ihnen die Erlaubnis bekäme, hier zu recherchieren. Nur der Wunsch, den Onanga an mich herangetragen hat, bedeutet, dass ich ein Buch nehmen und ihr bringen müsste. Ich würde also genau das machen, was ich dieser Bibliothek nicht antun möchte."

„Weist du denn, ob du hier richtig bist? Ist das Buch für deine Freundin Onanga denn hier zu finden?"

Wieder ging der ruhige Blick des Bibliothekars über die vielen ledernden Buchrücken.

„Ich habe keine Ahnung. Ich wüsste noch nicht einmal, dass es das Buch ist, wenn Sie es mir in die Hand legen würden."

„Dann hast du allerdings einen Auftrag angenommen, der nicht ganz einfach zu bewältigen ist."

Ja, dachte Ian, diese Erkenntnis ist mir jetzt schon ein paar Mal in den Sinn gekommen.

„Vielleicht kann ich dir behilflich sein", bot der Bibliothekar an.

„Das wäre wirklich extrem nett. Ich frage mich nur, wie das gehen soll."

„Du solltest nicht dich fragen, wie das gehen soll, sondern mich. Dass du keine Idee hast, ist naheliegend. Du hast deine Informationen, bereits preis gegeben. Übrigens", fügte der Bibliothekar mit einem Lächeln an, „hast du weit mehr Informationen, als dir bewusst ist. Sonst hättest du den Weg zu mir niemals finden können. Manchmal liegen die Dinge ganz anders als man es selber glaubt."

Ian wusste nicht, was er sagen sollte. Natürlich hatte der Bibliothekar recht, wenn er meinte, dass manche Dinge anders sein können, als sie einem gerade erscheinen. Ihm fiel spontan ein, dass manche Leute fasziniert einen traumhaften Sonnenuntergang über dem Meer beobachten konnten, während andere darin nur einen sehr einfach zu erklärenden physikalischen Effekt sahen und nicht die geringste Idee hatten, weshalb man dem so viel Beachtung schenken konnte.

„Hat dir deine Onanga denn erklärt, wofür sie das Buch braucht?"

„Sie sagte, ihr Volk würde dann einige Dinge besser verstehen."

„Ist das Volk Onangas denn bedroht? Müssen sie ums Überleben kämpfen?"

„Nein. Eigentlich nicht. Oder doch. Ich weiß es nicht. Es gibt da noch so ein anderes Volk, das immer mal wieder

Beobachter aussendet. Aber das ist auch alles. Im Großen und Ganzen scheint jeder die Grenzen des anderen zu akzeptieren. Andererseits muss es beim ‚besser Verstehen' ja auch nicht immer um Kämpfen und Krieg gehen. Sogar wir Menschen haben zumindest in der Theorie verstanden, dass sich jedes Volk dann am besten entwickeln kann, wenn es in Frieden mit den anderen lebt, oder sogar zusammen mit den anderen."

„Nur in der Theorie?"

„Ich habe keine Ahnung, wie Sie die Erde und die darauf lebenden Menschen empfinden. Ich weiß auch nicht, ob sie uns Menschen überhaupt kennen. Ich jedenfalls kenne diese Welt hier, in der ich Onanga getroffen habe und in der ich jetzt Sie in dieser wunderbaren Bibliothek getroffen habe noch überhaupt nicht. Gut. Also, was ich sagen wollte: Auf der Erde leben ein paar Milliarden Menschen und leider gibt es auch jetzt noch sehr viele Konflikte und Kriege."

„Gut. Das Problem der Menschen ist mir bekannt. Schließlich habe ich viele Bücher. Aber eine andere Sache, die du angesprochen hast, ist von großer Bedeutung für dich. Du kennst noch sehr wenig von dieser Welt. Das stimmt. Deshalb machen wir jetzt eine kleine Pause."

Die Reiterin

„Gratulation. Das war wirklich gut."
Eben hatte er noch bei dem Bibliothekar in dem behaglichen alten Ledersessel gesessen und jetzt stand er mitten in einer zugigen, felsigen Landschaft. Und das Einzige, was das Amulett von sich gab war dieser Kommentar. Viel lieber hätte er sich von dem Amulett erklären lassen, was passiert war. Wie konnte er auf einmal hier stehen? Wo war er? All solche Fragen, die man nun einmal hat, wenn man von einer auf die andere Sekunde den Ort gewechselt hat.

„Was soll ich dir denn groß erklären? Du warst beim Bibliothekar. Ihr habt geredet. Er hat dich vor die Türe gesetzt. Das wäre es so im Wesentlichen", präzisierte das Amulett.

Als er sich umschaute und zu orientieren versuchte, stellte er fest, dass er nicht weit entfernt von einem Abgrund stand und dass ebenfalls nicht weit entfernt ein reißender Fluss aus dem Hochland kam und sich in den Abgrund stürzte. Es sprach also viel dafür, dass er an der Quelle des Wasserfalls stand.

Und er sah noch etwas anderes. Auf der anderen Seite des Flusses stand ein ziemlich großer Bär, der gespannt zu ihm herüberschaute und sich gerade in Bewegung setzte. Leider aber nicht weg vom Fluss, sondern in den Fluss.

Eigentlich war das von dem Bären eine ziemlich wagemutige Aktion, da er jederzeit von der Strömung weggerissen werden konnte und dann unweigerlich zum Opfer des Wasserfalls geworden wäre. Aber es sah so aus, als ob der Bär bei jedem sorgsam ausgesuchten Schritt sicheren Halt unter seinen Tatzen fand.

„Ich glaube, du solltest mal so langsam weg von hier. Mir will scheinen, dass der Bär da vorne ziemlich hungrig ist. Ich kenn das. Denk nur an den Hirsch. Dem musste ich das übrigens nicht erst erklären. Der ist sofort losgespurtet, als er den Bären gesehen hat."

Es gibt da zwischen einem Hirsch und einem Menschen nur so einen dummen kleinen Unterschied, überlegte Ian.

Menschen können nicht so schnell und ausdauernd fliehen, wie Hirsche. Gegen einen Bären war Weglaufen mit Sicherheit keine gute Lösung. Kämpfen natürlich auch nicht. Er hatte mal gelesen, dass Nichtstun fast das Einzige war, was man machen konnte, wenn man sich nicht in Sicherheit bringen konnte. Aber ob das jetzt wirklich stimmte, wusste er auch nicht.

„Hallo! Such gefälligst nach einer vernünftigen Lösung. Du bist jetzt schon so weit gekommen. Du kannst doch nicht einfach aufgeben und dich in aller Ruhe von dem Bär fressen lassen!"

Nein, das konnte er nicht und das wollte er auch nicht. Nur hatte er noch keine Idee. Inzwischen war der Bär in der Mitte des Flusses angekommen. Vermutlich würde er für die zweite Hälfte nicht mehr so lange brauchen, da er zumindest die letzten Schritte auch durch einen weiten Sprung ans sichere Ufer ersetzen konnte.

Auf der Suche nach einer Lösung schweiften seine Augen über das felsige Hochland. Gleichzeitig setzte er sich langsam in Bewegung, um zumindest einen kleinen Abstand zwischen sich und dem Bären aufzubauen. Sein Blick blieb an einem Felsen hängen, der sich gegen den dunkelblauen Himmel abhob. Auf dem Felsen stand ohne Zweifel ein großes, strahlendweißes Pferd, das einen Reiter auf dem Rücken trug und unruhig mit dem Kopf hin und her ruckte.

Ohne lang nachzudenken, lief er ein paar Schritte auf den Reiter zu, bis er sah, wie der Reiter seine Schenkel gegen den Körper des Pferdes drückte und dessen Kopf herum zog. Nur leider in die falsche Richtung. In gemütlichem Schritt verschwand das Pferd von dem Felsen.

„Tja, man kann nicht immer Glück haben. Ähm. Ich will dir jetzt nicht meinen Willen aufzwängen, aber ein kleines Update bezüglich des Standortes von diesem Bären wäre vielleicht mal ganz sinnvoll."

Automatisch drehte er den Kopf und sah, wie der Bär gerade den letzten Schritt ans Ufer machte. Dabei sah der Bär genauso tollpatschig aus, wie er das immer im Fernsehen gesehen hatte. Aber leider trollte sich der Bär danach nicht sonst irgendwohin – beispielsweise den Flusslauf hoch – sondern er tappte genau in die Richtung, in der sein Opfer stand.

„Möglicherweise solltest du doch mal laufen?"
Er wusste genau, dass Laufen nichts brachte. Vielleicht machte es die ganze Angelegenheit sogar noch kürzer, weil der Bär dann vielleicht Bedenken hatte, das ihm sein Mittagessen abhanden kommen konnte. Gerade als er trotzdem loslaufen wollte, einfach weil ihn in den nächsten Sekunden ohnehin die Panik ergreifen würde, hörte er lautes stampfendes Hufgetrappel. Im nächsten Moment wurde er hochgerissen und landete rittlings auf dem Rücken des Pferdes, das er mitsamt Reiter eben noch auf dem Felsen gesehen hatte.

Das Pferd machte noch einige Galoppsprünge, um sich aus der unmittelbaren Reichweite des Bären zu bringen, dann fiel es in eine immer langsamere Gangart zurück, bis es schließlich gemütlich im Schritt ging.

„Wo kommst du her?"
Erst als diese Frage gestellt war, viel ihm auf, dass der Reiter eine Reiterin war. Sie trug Kleidung, die ihn irgendwie ans Mittelalter erinnerte. Wobei der weite, weiße Reiterumhang das meiste verbarg.

Die Reiterin drehte sich im Sattel zu ihm um und lächelte ihn abwartend an.

„Verstehst du mich überhaupt? Sprichst du meine Sprache?"

„Ja, sorry, mach ich. Ich bin nur noch ein bisschen überrascht. Ich hatte echt nicht mit Rettung gerechnet. Ich dachte schon mein letztes Stündchen hätte geschlagen."

„Wegen dem Bär?" lachte die Reiterin.

„Äh ja?" antwortete er und kam sich irgendwie komisch vor. „Was ist so ungewöhnlich daran, sich vor einem frei herumlaufenden Bären zu fürchten?"

„Naja. So lecker sind Menschen nun auch wieder nicht. Wenn du ihm einen der Fische, die in dem Fluss mit der

Strömung spielen, geklaut hättest, dann wäre das was anderes."

„Und warum ist der auf meine Flussseite gekommen? Der hat mich auf dem Kicker gehabt."

„Sag ich doch. Wegen der Fische. Ist doch nicht so schwierig zu verstehen. Der wollte nur sein Revier verteidigen."

„Und ich dachte, du hättest mich in letzter Minute vor dem sicheren Tod gerettet. Vom Drama her, war das jedenfalls kaum zu überbieten. Man wird nicht alle Tage auf ein Pferd gerissen, das in vollem Galopp an einem vorbei läuft."

„Macht immer wieder Spaß. Ich hätte dir auch zurufen können, dass du einfach in aller Ruhe von dem Fluss weggehen solltest. Aber das ist doch eher langweilig."

„Naja, das kommt immer ein bisschen auf die Sichtweise an. Danke jedenfalls. Unabhängig davon, ob du mich jetzt gerettet hast oder nicht."

„Kein Problem. Typen wie du sind immer mal eine nette Abwechslung."

Das stimmte allerdings. Viel los war hier definitiv nicht. Er ließ seinen Blick noch einmal rundherum schweifen, konnte aber keine nette kleine Kneipe oder dergleichen finden.

„Wirklich einsam hier. Wie kommt es denn, dass du hier in der Gegend herumreitest? Irgendwie auf der Jagd oder so? Selbstfindung?"

„Klar bin ich auf der Jagd", lachte sie, „nach so komischen Typen wie dir. Leichte Beute ist ab und zu auch mal nett."

So richtig wusste er nicht, wie er ihre Antwort einschätzen sollte. Letztlich entschloss er sich, es einfach als einen kleinen Spaß von ihr zu nehmen.

„Na dann bin ich ja froh, dass ich dir den Tag gerettet hab."

„Und ich dir deinen. Am Ende hätte der Bär doch noch Gefallen an dir gefunden. Ist schließlich ein wildes Tier. So hundertprozentig weiß man das natürlich auch wieder nicht."

„Aber jetzt mal ernsthaft", versuchte er das Thema zu wechseln. „Lebst du hier so richtig oder bist du irgendwie auf der Durchreise oder so? Oder musst du für deine Gemeinschaft irgendwie etwas suchen? Eine Aufgabe erfüllen?"

„Ich lebe hier. Das hier ist mein kleines Reich. So einfach ist das. Außerdem: Das mit den Aufgaben erfüllen ist doch wohl eher dein Metier."

Ihm war nicht klar, woher sie das wissen konnte. Aber andererseits wunderte es ihn auch wiederum nicht so richtig. Schließlich konnten in dieser seltsamen Welt alle, denen er begegnete, irgendwelche Dinge, die seine Vorstellungskraft überstiegen.

„Tja", antwortete er ihr dann, „wäre schon fast verwunderlich gewesen, wenn du es nicht gewusst hättest."

„Vielleicht kann ich dir ja helfen. Ist bestimmt ganz lustig."

„Oh, oh", schaltete sich das Amulett ein, „wenn solche Frauen etwas lustig finden, dann solltest du lieber vorsichtig sein."

„Halt den Mund du Penner!"

Vor Schreck wäre er fast vom Pferd gefallen. Beruhigend legte sie ihre Hand auf seinen Oberschenkel.

„Dich meinte ich nicht. Ich meinte das dämliche Amulett. Jeder muss wissen, wann er etwas sagen darf. Vor allem, wenn man seinen Job so schlecht macht, wie dein Amulett."

„Ähm", fragte Ian unsicher nach. „Wenn ich gerade nicht wirklich viel verstehe, ist das hoffentlich nicht schlimm?"

„Bei dir nicht. Du schlägst dich eigentlich ganz gut. Aber die Unterstützung durch dein Amulett ist wirklich grottig."

„Ist eben noch kein Meister vom Himmel gefallen", maulte das Amulett.

„Du hast dich einfach nicht ordentlich vorbereitet und jetzt will ich nichts mehr von dir hören!"

Ian war, als ob er hören könnte, wie das Amulett seinen Mund schloss.

„Wo reiten wir eigentlich hin?"
„Siehst du den Wald da hinten am Horizont?"
Mit leicht zusammengekniffenen Augen konnte er so gerade eben die grüne Linie ausmachen, die wohl gemeint war.
„Da bringe ich dich hin."
„Aha. Schön, wenn wenigstens einer weiß, wo ich hin will. Also ‚eine' natürlich. Ich selber habe nämlich keinen Schimmer. Komm ich da in dem Wald dann meinem Ziel irgendwie näher?"
„Keine Ahnung", lachte die Reiterin. „Ich hab nur den Eindruck, dass ihr Menschen euch in Wäldern immer ganz wohl fühlt. Ihr hattet doch euren Ursprung auch in Wäldern. Wahrscheinlich ist das irgendwo in euch tief und fest verwurzelt."
Wie war das noch gleich? Stammen die Menschen jetzt von Affen ab? Nein, ging ihm durch den Kopf, während er im Hintergrund ‚Lucy in the sky with diamonds' hörte. Das waren nur gemeinsame Vorfahren. Egal. Viel wichtiger war, dass er zu dem Wald gebracht wurde. Und zwar nicht deshalb, weil er seine Aufgabe dort erledigen konnte, sondern weil die Reiterin der Meinung war, dass er sich dort wohlfühlen würde.
Vielleicht würde das Amulett ihm ja einen Tipp geben, sobald die Reiterin weg war. Eigentlich war das sogar seine einzige Chance. So musste es sein, bestätigte er sich noch mal.
„Du bist schon echt ein Süßer. Denken eigentlich alle Menschen so kreuz und quer?"
Klar. Natürlich konnte die Reiterin auch seine Gedanken lesen. Das schien auch so etwas zu sein, was hier jeder konnte. Einfach irgendwo berühren und schon war er wie ein offenes Buch.
„Zu dem Buch kommen wir später. Erzähl mir erstmal, was das für eine Musik ist, die in deinem Kopf herumschwirrt."

Er dachte kurz an ein paar Millionen Jahre altes Skelett und den Song, den die Archäologen zu der Zeit andauernd gehört hatten und beschloss abzuwarten, ob das der Reiterin reichen würde.

„Cool. Ich weiß zwar nicht, ob das Absicht war, aber du hast mir gerade deinen gesamten Speicher zu dem Fund in Afrika zugänglich gemacht, ohne selber alles in dein Bewusstsein zu holen. Sehr effektiv. Gratuliere. Schöne Geschichte übrigens. Ich kann förmlich spüren, wie die Wissenschaftler langsam kapiert haben, was sie da entdeckt haben."

Na, wenn das immer so geht, dann war er wirklich ein offenes Buch.

„Schon wieder das Stichwort: Du sollst ein Buch holen. Habe ich recht?"

„Klar hast du recht", antwortete er ihr. Das mit den gedachten Antworten war ihm zu kompliziert. Er schweifte dabei wirklich andauernd ab. „Ich weiß nicht. Sagt dir Onanga was? Sie lebt mit ihrem Volk auf einem großen alten Schiff auf dem Meer."

„Ja, klar. Kenn ich."

„Also, die hat mich gebeten, ihr ein Buch zu besorgen. Genaugenommen ein weiteres Buch. Eines habe ich nämlich schon gefunden."

„Und wo sollst du das zweite Buch finden?"

„Sie hat mir nur den Tipp mit der Höhle gegeben. Das habe ich auch gemacht und bin letztlich beim Bibliothekar gelandet. Den kennst du dann ja vermutlich auch. Eigentlich hatte ich die Hoffnung, dass ich da schon am Ziel war. Wir haben uns jedenfalls nett unterhalten. Ich hatte schon die Hoffnung, er würde mir das Buch geben oder mich das Buch irgendwie kopieren lassen. Hast du die Bibliothek von dem mal gesehen? Ein Traum. Massen von alten wunderschönen Büchern."

„Hast du dir mal eins angeschaut?" wollte die Reiterin wissen.

Er stockte, als ihm klar wurde, was diese Frage bedeuten konnte.

„Nein, leider nicht. Ich habe nur die vielen ledergebundenen Buchrücken gesehen. Falls du jetzt meinst, dass jedes der Bücher nur aus leeren Seiten besteht... Tja, kann ich nicht ausschließen. Aber wieso sollte sich jemand die ganze Arbeit machen?"

„So viel hast du von unserer Welt dann auch noch nicht verstanden, was?"

„Irgendwas in der Art hat der Bibliothekar auch gesagt. Und schwupps war ich hier draußen und musste vor dem Bären abhauen."

„Naja, du wirst es schon noch irgendwann kapieren."

„Ich habe nichts dagegen, wenn du es mir einfach erklärst. Wäre überhaupt mal was ganz Neues. Wenn mir mal überhaupt jemand erklären könnte, wie das hier alles funktioniert."

Die Reiterin hatte scheinbar Mühe ein Kichern zu unterdrücken. Dann aber räusperte sie sich.

„Eins vorweg. Erklären, so wie du dir das vorstellst, ist nicht. Das ist eine der Eigenarten unserer Welt. Du kannst es aber auch anders sehen. Irgendeiner von euch Menschen hat doch mal so was in der Art von ‚erzähl es mir und ich vergesse, zeige es mir und ich erinnere mich, lass es mich tun und ich weiß es' gesagt. Kann das sein, dass der Konfuzius oder Luther oder so geheißen hat?"

„Kann ich dir nicht sagen. Den Spruch kenne ich zwar auch, aber ich kann mir nicht merken, wer das gesagt hat. Möglicherweise war das sogar noch jemand anderes."

„Genau das ist der Punkt. Ich bin da auf dem gleichen Wissenstand wie du."

Eigentlich konnte es dafür nur eine einzige Erklärung geben. Die Reiterin wühlte in seiner Erinnerung nach passenden Brocken herum, um etwas über ihn und vielleicht auch über die Menschen zu lernen.

„Klar mach ich das. Das machen wir hier alle. Also zumindest, wenn wir das können. Ist eine wirklich interessante Beschäftigung. Euch Menschen geht da echt viel verloren, weil ihr das nicht könnt. Die meisten von euch wollen immer nur besser sein als die anderen. Das war in eurer Geschichte noch viel schlimmer als heute. Deshalb ist euch die Fähigkeit verloren gegangen. Glücklicherweise wisst ihr gar nicht mehr, dass ihr das mal konntet. Sonst würdet ihr echt total unglücklich sein."

„Du meinst so nach dem Motto: Wenn man nicht weiß, was einem entgeht, kann man auch nicht traurig drum sein, weil man es einfach nicht weiß."

„Genau."

„Willst du mir jetzt erzählen, dass alle, denen ich in dieser Welt begegne, diese Fähigkeit besitzen?"

„Nicht alle. Aber doch zumindest ziemlich viele. Wir haben Spaß daran, unser Wissen zu teilen. Das macht vieles unglaublich einfach."

„Du wusstest also schon, wer ich bin, als du mich von dem Felsen aus gesehen hast? Und du wusstest auch schon, dass Onanga mich schickt, um ein Buch zu holen von dem ich nicht die geringste Ahnung habe, wie es aussieht und wo ich es finde?"

„Wenn ich gewollt hätte, hätte ich das gewusst. Ja."

„Aber, dass du da auf dem Felsen gestanden hast. Das war doch kein Zufall, oder?"

„Gewissermaßen nicht."

„Hä?"

„Also für dich und für mich war es überraschend. Aber für den Bibliothekar war es nicht überraschend. Er hat dich genau dahin geschickt, wo ich dich finden musste."

Irgendwie erinnerte ihn die Welt immer mehr an die irrealen Lebensräume eines Computerspiels. Nur dort konnte der Programmierer für solche Effekte sorgen. Wenn dem Programmierer danach war, dann konnte er die Spielfigur durch eine Türe aus dem Zimmer schicken, um sie dann mitten in einen Dschungel zu stellen, ohne dem Spieler die Chance zu geben seine Spielfigur wieder in das Zimmer zurückzuführen. Nur mal so als Beispiel, schickte er seinen Gedanken noch hinterher.

„Um noch mal auf das Buch zurückzukommen", wechselte er das Thema. „Wenn du doch dein Wissen mit so vielen teilst. Kannst du mir nicht sagen, wo ich das finde? Irgendwer von euch wird das doch wohl schon einmal gesehen haben."

„Okay. Weil du es bist. Ich bringe dich nicht nur zu dem Wald, weil ihr Menschen euch da wohl fühlt. Es ist auch, weil du am besten genau da weiter suchst."

„Na, das ist ja schon mal was. Und die andere Frage? Wie sieht das Buch aus? Wie erkenne ich das?"

„Sorry, da muss ich dich enttäuschen. Das musst du selber lösen. Ich kann dir nur sagen, dass du im Wald nach der Hütte suchen musst."

Inzwischen waren sie dem Wald schon so nahe gekommen, dass er einzelne Bäume unterscheiden konnte. Wie er darin eine Hütte finden sollte, war ihm unerklärlich. Die Eingangsfront des Waldes erstreckte sich nach rechts und links bis zum jeweiligen Horizont. Selbst, wenn der Wald nur die Tiefe von einem einstündigen Fußmarsch haben würde – und danach sah er überhaupt nicht aus - erwartete ihn eine riesige Fläche.

„Wäre es sehr unverschämt, wenn ich dich bitten würde, mir den Weg zur Hütte zu zeigen?" wollte er vorsichtig von der Reiterin wissen und hoffte, dass sie ihm anbieten würde, ihn direkt bis zur Hütte zu bringen.

„Das hättest du gerne", antwortete sie lachend. „Aber selbst, wenn ich dich bis zur Hütte bringen wollte, würde ich es nicht machen. Ich gehöre nicht in den Wald. Jeder hat seinen Platz. Meiner ist hier draußen in der freien felsigen Landschaft."

„Aber du hast ja noch das Amulett", schickte sie aufmunternd hinter. „Das wartet bestimmt schon darauf, dir mit vielen guten Tipps den Weg zu zeigen. Hoffe ich zumindest für dich."

Die Hütte

Mehr hatte die Reiterin ihm nicht mehr sagen wollen. Sie hatte ihn gebeten von dem Pferd herunterzuspringen und war dann, nachdem sie die Hand zum Abschied gehoben hatte und ihn kurz - aufmunternd? - angelächelt hatte, im Galopp zurück auf ihre felsige Ebene geritten.

„Na, jetzt lass den Kopf mal nicht hängen. Auch wenn es so aussieht, als ob du gar keine Chance hast, das Buch zu finden: Irgendwie tut sich am Ende doch immer wieder eine Chance auf."

Das Amulett schien in keinster Weise frustriert zu sein, dass die Reiterin kein gutes Haar an ihm gelassen hatte. Er hatte eigentlich damit gerechnet, dass das Amulett zumindest so ein paar der letzten Ereignisse aus seiner Sicht darstellen würde.

„Statt über die Vergangenheit nachzudenken, würde ich dir empfehlen in den Wald zu gehen und die Hütte zu suchen. So viel kann ich dir aus meiner persönlichen Erfahrung versichern. Tipps von Typen wie Onanga oder dem Bibliothekar oder der Reiterin sind immer richtig gute Tipps. Die haben es echt drauf."

Er fühlte sich zwar wie eine Schildkröte, die sich vorgenommen hatte, mal eben den amerikanischen Kontinent von Norden bis Süden zu durchwandern, aber was sollte er schon anderes machen? Vielleicht gab es ja irgendwelche Wegweiser. Wundern würde ihn das inzwischen nicht mehr.

„Amerikanischer Kontinent? Was ist das? Erzähl mal", fordere ihn das Amulett auf.

„Kennst du den jetzt echt nicht?" wollte er von dem Amulett wissen. „Du brauchst dich doch nur in meinen Gedanken anzudocken und schon bist du im Bilde."

„Nicht ganz. Um es mal in der Sprache von Computerspielen auszudrücken: Mein Level ist noch nicht hoch genug. Ich kann nur die Gedanken von dir lesen die gerade im Vordergrund sind. Die Reiterin zum Beispiel, kann auch so et-

was wie Duftspuren folgen. Ich glaube, so kann man das am Besten ausdrücken."
„Aha. Also gut. Warum nicht? Während ich so durch den Wald gehe und einen Weg zu einer Hütte suche, von der ich keine Ahnung habe, wo sie liegt und von der ich noch nicht einmal weiß, ob es einen Weg dorthin gibt, den ich als Weg erkennen kann,... Also während ich das mache, kann ich ja mal ein bisschen an Amerika denken."

Zu Beginn war der Weg durch den Wald noch sehr offen gewesen. Er hatte eher den Eindruck gehabt über einen großen Platz zugehen, auf den jemand jede Menge Buchen gestellt hatte. Dann waren immer mehr Bäume dazugekommen, deren Äste nicht erst in ein paar Metern Höhe begannen. Inzwischen war das Unterholz richtig dicht geworden, was immer wieder dazu führte, dass er nach Stellen suchen musste, an denen er überhaupt weiter kam. Auf Dauer konnte das nicht gut gehen. Irgendwann würde er nicht mehr vor und nicht mehr zurück können.
„Nur die Ruhe", versuchte ihn das Amulett zu beruhigen. „Es ist jetzt extrem wichtig, dass du die Ruhe behältst. Du liegst ganz gut auf Kurs."
„Weißt du etwa wo ich hin muss?"
„Natürlich weiß ich das. Wofür bin ich denn sonst da?"
„Und warum hast du mir das nicht schon lange gesagt?"
„Tja, warum? Ging nicht."
„Wie jetzt? Ging nicht. Warum ging das denn eben nicht und jetzt schon?"
„Hab ich mir gedacht, dass die Antwort mal wieder nicht gereicht hat."
„Richtig gedacht."
„Also. Es ist so. Je mehr du selber geregelt bekommst, desto besser ist das und umso besser kann ich dir helfen. Ich will dir das mal mit einer kleinen Geschichte aus deiner Welt erklären, die ich mal aufgeschnappt habe. Du kannst ruhig einen Moment stehen bleiben. Dann erzählt es sich besser."

Was sollte es schon? Ob er jetzt oder in ein paar Minuten weiter auf einem Weg gehen würde, den er nicht erkennen konnte, machte auch keinen Unterschied. Also blieb Ian stehen und lehnte sich an einen Baum.

„Also", begann das Amulett. „Bei euch gab es mal ein Auto, das alle nur die Ente genannt haben. Bei einer der frühen Ausgaben war das so, dass das Auto einen Scheibenwischer hatte, der immer nur so schnell hin und her ging, wie das Auto fuhr. Irgendwas mit Leuchtmaschine oder so. Das wusste der Typ, vom dem ich die Geschichte habe, nicht so richtig."

„Lichtmaschine", korrigierte Ian automatisch.

„Ist ja auch egal. Der Punkt ist der. Wenn jemand im Regen gut aus der Windschutzscheibe schauen wollte, musste er schnell fahren. Also genau das, was er eigentlich nicht machen wollte, weil er ja wegen dem langsamen Scheibenwischer gerade so schlecht sehen konnte, wie es auf der Straße aussah."

„Tolle Geschichte, oder?" wollte das Amulett wissen, als Ian nichts sagte.

„Ja tolle Geschichte. Du willst mir also sagen, dass du mir nur dann helfen kannst, wenn ich möglichst viel selber entscheide, auch wenn ich keinen blassen Schimmer davon habe, was meine Entscheidungen bedeuten."

„Wow. Du hast es auf den Punkt gebracht", stimmte das Amulett ihm ungewohnt euphorisch zu.

Erst hatte die Reiterin so komische Andeutungen gemacht und jetzt fing das Amulett auch noch damit an. Okay, überlegte er sich. Er hatte wirklich ziemlich viel immer nur mitgemacht oder mit sich machen lassen. Bis auf die Ersteigung des Berges mit der Löwin, die ihm das erste Buch gegeben hatte. Das war eigentlich die einzige Ausnahme gewesen. Und selbst dabei hatte er noch Hilfe von dem Amulett gehabt. Auch wenn es da noch ganz anders drauf gewesen war. Vielleicht stimmte es ja tatsächlich, dass er mehr alleine schaffen musste. Dass er überhaupt mehr von dieser Welt verstehen sollte, hatte ihm der Bibliothekar ja auch schon gesagt.

Mit neuer Kraft suchte er sich weiter den Weg durch das Unterholz. Manchmal musste er an dornigen Büschen entlang gehen, die von beiden Seiten seinen Weg einengten. Die Kratzer, die er dabei erhielt, kümmerten ihn nicht weiter. Sie bestärkten ihn sogar in dem Willen, seine Aufgabe unbedingt erfüllen zu wollen. Er rief sich die Melodien heroischer Szenen aus verschiedenen Kinofilmen ins Gedächtnis und ließ sich davon noch stärker antreiben. Das Gemotze des Amuletts, dass es das so auch wieder nicht gemeint hatte, ignorierte er einfach. Nichts sollte ihn aufhalten. Er musste einfach nur immer weiter und immer weiter. Inzwischen konnte er sich schon vorstellen, wie er aus dem Wald auf eine kleine Lichtung treten würde. Eine Lichtung mit einer kleinen, aus Holz zusammengebauten Hütte, die von einem Kräutergarten umgeben war.

Plötzlich blieb er überrascht stehen. Vor ihm blockierte ein junges Reh den Weg. Es dauerte nicht viel mehr als einen kleinen Moment, dann drehte sich das Reh von ihm weg, machte ein paar Sprünge in den Wald und blieb dann wieder stehen. Es war gerade so, als ob es ihn beobachten wollte.

Zögerlich ging er auf das Tier zu. Dabei trat er automatisch viel behutsamer auf. Gerade so, als ob er es sonst verschrecken würde. Das Reh ließ ihn bis auf ein paar Meter an sich heran und sprang dann wieder weg. Diesmal zwar etwas weiter als beim letzten Mal, aber danach blieb es wieder in Sichtweite stehen und schaute zu ihm zurück.

„Ey, das ist echt cool", wisperte das Amulett.

Das war ihm inzwischen auch klar geworden. Das Reh wollte ihm den Weg zur Hütte zeigen. Daran hatte er keinen Zweifel. Er musste dem guten Tier nur weiter folgen und schon bald würde er die nächste Station auf seinem Weg erreicht haben. Vielleicht war es ja sogar schon die letzte Station. Vielleicht kamen aber noch viele andere. Woher sollte er das wissen? Wichtig war jetzt einfach nur, dass er dem Reh folgte.

Irgendwann kam dann tatsächlich die ersehnte Lichtung. Nur sah er auf der Lichtung keine kleine, einfach Hütte mit Kräutergarten, sondern ein schönes gemauertes Haus, das von einem gepflegten Rasen umgeben war. In der Garage, deren Tor geöffnet war, sah er sogar ein modernes Auto stehen. Die Bewohnerin des Hauses saß auf einer Bank vor dem Haus und erhob sich, als sie ihn kommen sah. Das Reh fing an auf dem Rasen nach Futter zu suchen.

„Hallo Ian. Komm doch näher. Ich habe schon auf dich gewartet. Mein Name ist Valborg."

Die Stimme der Frau war angenehm warm und klang gar nicht so, als ob sie im Freien stehen würde. Er hatte eher den Eindruck mit ihr zusammen in einem kleinen, behaglichen Raum zu sitzen. Vielleicht hatten sie vorher zusammen gegessen und guten Rotwein getrunken. Vielleicht hatten sie aber einfach nur zusammen ein Bier getrunken – am besten frisches Kölsch – und sich über Gott und die Welt unterhalten. Wie dem auch immer sei. Die Stimme der Frau war unglaublich angenehm. Er fühlte sich vollkommen willkommen.

Valborg schaute kurz zu dem äsenden Reh.

„Alba war ganz aufgeregt. Sie ist ja noch so jung und hat noch keine Fähigkeit, mit dir zu kommunizieren."

„Woher wusstest du denn, dass ich komme?"

„Na du bist lustig." Er konnte deutlich die Heiterkeit in ihrer Stimme hören. „Du hast doch nach mir gerufen. Also habe ich Alba geschickt, um dich zu holen."

Er schaute Valborg hilflos an. Natürlich hatte er nicht nach ihr gerufen. Er hatte nur den festen Willen gehabt, die Hütte zu finden. An etwas anderes konnte er sich nicht erinnern.

„Ja, sag ich ja", lachte sie, „du hast nach mir gerufen."

„Aber ich kann mich nicht erinnern gerufen zu haben. Also nicht, dass du mich falsch verstehst. Ich freue mich gigantisch hier zu sein. Denn mir wurde von einer Reiterin gesagt, dass ich die Hütte im Wald suchen sollte. Auch wenn ich mir

etwas anderes vorgestellt hatte... Ich denke mal, dass ich sie gefunden habe. Also mit der Hilfe von Alba. Ohne dein Reh würde ich jetzt immer noch irgendwo im Unterholz herumirren und feste daran glaube, dich irgendwann zu finden."
Valborg hatte ihm lächelnd zugehört und bat ihn dann, neben ihr auf der Bank Platz zu nehmen.
„Das Einfache zuerst: Du bist hier richtig."
„Freut mich. Und jetzt kommt das Komplizierte?"
„Naja so kompliziert auch wieder nicht. Du hast sehr fest und ehrlich daran geglaubt, dass du mich findest. Das war der Ruf, den ich gehört habe und den auch Alba gehört hat. Also habe ich sie losgeschickt, dich zu finden, was nicht so schwer war, da du so laut warst. Tja. Und jetzt bist du hier."
„So langsam komme ich mir vor, wie ‚Ian im Wunderland'"
Sie schaute ihn einen Moment lang ratlos an. Aber schon kurz danach fand das Lächeln wieder seinen Weg auf ihr Gesicht.
„Ich verstehe. Du nimmst Bezug auf ein Kinderbuch. Kannte ich gar nicht. Bestimmt sehr schön, wenn ich das gerade richtig mitbekommen habe."
Irritiert überprüfte er, ob Valborg irgendwo Körperkontakt zu ihm hatte, was aber nicht der Fall war. Erst jetzt legte sie ihre Hand auf seinen Oberschenkel.
„Ich merke, du weißt schon, dass wir deine Gedanken hören können, wenn wir dich berühren. Dass ich das auch kann, ohne dich zu berühren, liegt an meiner Stellung."
Sie deutete mit den Finger Anführungszeichen an, als sie mit gespielt wichtigem Gesichtsausdruck, „verdammt hoher Level", sagte.
Als ihm dazu keine Antwort einfiel, lächelte sie ihn wieder so unglaublich freundlich, fast führsorglich an.
„Du bist schon sehr weit gekommen. Wie wäre es mit einer kleinen Ablenkung. Mal kurz den Kopf frei machen und dann kannst du mit neuer Energie weitermachen. Versprochen."

„Gerne. Ist wahrscheinlich gar nicht so schlecht, wenn mein Kopf mal die Chance bekommt, alles ein bisschen zu sortieren. Hier passieren so viele Dinge, die eigentlich unmöglich sind."

Sie ging zu der Garage, stieg in ihr Cabrio und wartete, bis er neben ihr Platz genommen hatte. Danach setzte sie zurück und fuhr auf der Straße aus dem Wald hinaus. Andere Autos wurden sichtbar und irgendwann befanden sie sich in einem ganz normalen Verkehrsfluss einer ganz normalen Landstraße.

Gerade eben hatte er sich noch gefreut, dass er all die Eindrücke sacken lassen konnte und schon kamen neue Dinge dazu. Er wusste genau, dass es keine Straße gegeben hatte, als er aus dem Wald auf die Lichtung mit dem Haus getreten war. Und trotzdem waren sie auf einer Straße von dem Haus weggefahren.

„Schau nach vorne Ian", forderte Valborg ihn auf. „Du bist schon so weit gekommen. Fange jetzt nicht an, darüber nachzudenken."

Gerade deshalb musste er umso mehr darüber nachdenken, was gerade passierte. Ohne Ansatz gab Valborg Gas. Er wusste nicht warum, aber alle Autos schienen ihr Platz zu machen. Selbst der entgegenkommende Verkehr nahm Rücksicht und fuhr an den Rand, nur damit Valborg in ihrem rasanten Tempo weiterfahren konnte.

Das Amulett räusperte sich.

„Du weißt schon noch, weshalb du hier bist, oder?"

Natürlich wusste er, warum er hier war. Was war das für eine dämliche Frage von dem Amulett. Er war da, um das Buch zu finden und zu Onanga zu bringen. Zwar wusste er noch immer nicht, wie das Buch aussah und er wusste erst recht nicht, wo das Buch zu finden war. Aber das alles hatte ihm bisher nichts ausgemacht und würde ihn auch in Zukunft nicht davon abhalten weiter zu suchen. Immerhin hatte er jetzt Valborg gefunden, die ihm versprochen hatte bei der Suche zu helfen. Und wenn es wieder nur ein Hinweis sei, an irgendeinen bestimmten Ort zu gehen. Ihm war es vollkommen egal, solange er das Gefühl hatte, seinem Ziel damit wieder ein Stück näher zu kommen.

„Na dann" flüsterte ihm das Amulett zu, „wünsche ich dir erstmal viel Spaß auf dem Konzert."

Inzwischen war der Verkehr noch dichter geworden und Valborg musste, obwohl geradezu eine Gasse für sie gebildet wurde, etwas vom Gas gehen. Vor ihnen tauchte ein riesiges Stadion auf. Scheinbar wollten die anderen ebenfalls alle zu dem Stadion.

„Wir sehen uns in zwei, drei Stunden wieder", lächelte Valborg. „Versprochen."

Musik ist immer gut

Er war vollkommen ruhig. Janette stand neben ihm. Sie hatte sich in ihr knalleges Lederoutfit geworfen und war stark geschminkt. Normal. Vollkommen normal. Er lächelte sie an. Sie lächelte zurück. Die ersten Fans draußen vor der Bühne hatten schon vor Stunden den Rasen und die Tribünen des Stadions bevölkert.

Janette war keine Unruhe anzusehen. Sie wollte genauso raus wie er selber. Endlich ging es los. Er folgte Janette unter dem tosenden Beifall der Fans auf die Bühne. Er lachte nicht nur, weil er wusste, dass sein und Janettes Gesicht in den nächsten Stunden immer wieder auf der riesigen Leinwand zu sehen war. Er lächelte, weil er sich einfach so sehr auf das Konzert freute.

Janette stand bereits an den Keyboards und schlug den ersten langen Ton der jungen Sommernacht an. Sehr langsam nahm die Melodie Geschwindigkeit auf. Als dann das Schlagzeug nur mit den Bassdrums einsetzte, stabilisierte sich die Melodie und die Fans schrien ihre Freude darüber heraus, dass sie direkt am Anfang mit einem ihrer gewaltigsten Stücke anfingen.

Jeder im Stadion wusste, dass sie jetzt mindestens eine halbe Stunde lang die pure Improvisation rund um zwei einfache schottische Melodien hören würden. Spielerisch würde er sich mit Janette streiten.

Als Janette sich dem Ende ihrer ersten Performance näherte, setzte er seine Schalmei an. Der näselnde Klang fügte sich zunächst in Janettes Spiel ein und drängte sie dann langsam immer weiter zurück, bis er komplett übernehmen konnte. Wie liebte er diese lang gehaltenen Töne mit minimaler Unterstützung der Band. Das war immer der Moment, in dem jeder nochmals Atem holen konnte, bevor er wieder mit einem der dynamischen Grundmotive des Stückes spielte. Diesmal machte er allerdings zunächst einen kleinen Ausflug in die Melodie von „Caravan". Das passte einfach zu gut.

Das schöne an Konzerten in der Dämmerung war, dass das Publikum keine große schwarze Masse war, sondern zumindest noch ansatzweise zu erkennen war. Die Art, wie sich die Fans - teilweise mit geschlossenen Augen und entspanntem Lächeln – treiben ließen war für ihn unglaublich inspirierend. Schon jetzt, bei seinem ersten Part konnte er die Welt um sich herum komplett vergessen. Das Gefühl einfach die Töne aus seinem Instrument hervorzuholen, die er hören wollte, ohne sich darüber Gedanken machen zu müssen, wie er die Finger zu setzen hatte und wie er zu atmen hatte, war einfach der Wahnsinn.

Als sein Spiel langsam abflaute, übernahm Janette wieder. Diesmal stand sie in der Mitte der Bühne und bearbeitete ihr Akkordeon. Natürlich schweifte sie kurz in französisch anmutende Klänge ab, so wie sie es immer tat, sobald sie das Instrument spielte. Dann aber wurde sie von der Bassgitarre wieder zu ihrem eigentlichen Motiv zurückgeholt, das sie dann auch brav ausgiebig variierte.

Er liebte es, ihrem Spiel zuzuschauen. Sie stand einfach nur auf der Bühne, performte lächelnd, schlug mit dem Fuß den Takt und betrachtete dabei unentwegt das Publikum. Und das war es auch. Sie hatte es nicht nötig breitbeinig hin und her zu wackeln, um auch dem letzten Fan klar zu machen, dass sie gerade etwas ganz Großes performte. So wie sie es macht - einfach und reduziert - war es genau richtig.

Er wusste, dass das nächste Stück alle vom Hocker hauen würde. Sie hatten die Vorbereitungen dazu komplett geheim gehalten. Dieses Konzert war die Premiere.

Die Sonne war inzwischen verschwunden. Die ganze Bühne lag in Dunkelheit. Für die große Menge war er nicht zu sehen. Und genau so war es auch gedacht.

Er setzte die Klarinette an und spielte das bekannte Motiv aus Schwanensee. Der Scheinwerfer ging zum Bühnenrand, wo eine Tänzerin in dem typischen weißen Kostüm mit weit ausgestelltem Tütü ihre Choreographie begann. Für alle im Stadion war sie über die große Leinwand deutlich sichtbar und würde es auch während des gesamten Stückes immer wieder sein. Es würde ein Wechselspiel zwischen der Tänzerin, Janette und ihm werden. Jeder würde während seiner Solopartien auf der Leinwand zu sehen sein.

Stunden später, nach der allerletzten Zugabe zog er sich mit Janette endgültig hinter die Bühne zurück. Er wusste wirklich nicht, ob dieses Konzert für ihn, für Janette oder für die Fans berauschender gewesen war. Er selber jedenfalls, fühlte sich jetzt gleichzeitig komplett fertig und voller Energie.

Ein Roadie führte ihn über abgesperrte Wege zurück zu Valborg, die sich in vollkommen normalem Tempo durch den Verkehr schlängelte.

„Ich merke, es hat dir gut getan?"

„Und ob. Es war fantastisch. Kennst du dieses Gefühl, dass alles einfach nur perfekt funktioniert? Du musst gar nicht mehr nachdenken. Es passiert einfach."

„Und das hast du gerade erlebt?"

„Ja. Es war..." Er suchte nach dem richtigen Wort.

„Perfekt? Erfüllt? Vollkommen?" half ihm Valborg.

„Genau das."

Als er sich behaglich in dem Sitz zurechtsetzte, fühlte er sich vollkommen entspannt und mit sich selber im Einklang. Mit geschlossenen Augen ließ er nochmals die Highlights des Konzertes an sich vorüberstreichen. Das Verständnis mit Janette hatte blind funktioniert. Sie hatten immer genau auf den Punkt gewusst, wann der jeweils andere übernehmen wollte. Wenn sie Blickkontakt gehabt hatten, dann niemals, um durch ein Kopfnicken irgendetwas abzustimmen, sondern immer nur, um sich gegenseitig die riesige Freude zu zeigen, die sie empfanden.

Erst, als Valborg das Auto in der Garage ausschaltete, realisierte er, dass der Verkehr um ihn herum stetig abgenommen hatte und dann irgendwann vollkommen gefehlt hatte. Er fühlte sich ausgeruht und voller Tatendrang. Jetzt galt es mit aller Kraft wieder auf die Suche nach dem Buch zu gehen.

Als er aus der Garage trat, war keine Spur der Straße mehr zu sehen. Er befand sich wieder auf der Lichtung, zu der ihn Alba geführt hatte.

„Ich sehe, wir sind wieder in deiner Welt angekommen. Danke nochmals für das Konzert. Es hat mir wirklich viel Kraft gegeben. Hast du denn jetzt irgendeinen Tipp oder Hinweis oder irgendwas, das mir bei der Suche nach dem Buch helfen könnte?"

„Setzt dich doch noch ein bisschen auf die Bank. Wir können uns noch ein wenig unterhalten."

Eigentlich hatte er dazu nicht so furchtbar viel Lust. Er wollte lieber möglichst schnell in den Wald und weiter nach dem Buch für Onanga suchen. Aber, da er sich eingestehen musste, dass er noch immer nicht wusste, wo seine Reise hin ging und weil Valborg ihm mit dem Konzert eine riesige Freude gemacht hatte, setzte er sich brav auf die Bank.

„Du bist ja ganz schön ungestüm", stellte Valborg freundlich lächelnd mit. „Das ist zum einen gut, aber das kann auch schaden."

Er wusste nicht, was er ihr darauf anderes antworten konnte, als zustimmend zu nicken und abzuwarten, was als nächstes kommen würde.

„Du warst dem Buch schon sehr nahe, konntest es aber nicht erkennen."

„Also war es in der Bibliothek? Ich hab es doch gewusst. Warum hat der Bibliothekar mich nicht wenigstens mal einen Blick darauf werfen lassen? Ich hätte es ihm bestimmt nicht gestohlen. Und selbst wenn, bin ich sicher, dass er so viele magische Kräfte hat, dass er mich im Handumdrehen wieder eingefangen hätte."

„Es gibt da noch immer etwas, was du nicht verstanden hast. Du wirst das Buch dann bekommen, wenn es an der Zeit ist. Onanga möchte, dass du bei der Suche reifer wirst und unsere Welt schätzen lernst. Wer weiß? Vielleicht wirst du ja am Ende sogar hier bleiben wollen und für immer der Menschenwelt den Rücken kehren."

Warum war ihm dieser Gedanke eigentlich noch nie gekommen? Ja, warum nicht? Einfach hier bleiben. Andererseits würde er dann aber auf die wunderbaren Sessions mit Janette verzichten müssen. Da war dieser Mix, den er bisher gehabt hatte dann doch besser.

„Du musst dir darüber jetzt nicht den Kopf zerbrechen. Du hast noch viel Zeit."

Was bedeutete das? Tage? Wochen? Monate?

„Du hast doch schon gemerkt, dass Zeit und Entfernung bei uns ganz anders zählen, als bei euch. Deshalb kann ich dir diese Frage nicht beantworten."

Da er seine Stimme mal wieder hören wollte, entschloss er sich jetzt wieder laut zu denken.

„Kannst du mir denn sagen, wie es für mich weiter gehen soll? Ich meine: Hast du irgendeinen Hinweis? Irgendein nächstes Ziel?"

„Ich werde dir deine Frage beantworten. Aber erst möchte ich noch etwas von dir wissen."

Er verstand zwar nicht warum, da seine Gedanken für sie wie ein offenes Buch waren, aber natürlich stimmte er zu.

„Das mit dem offnen Buch ist ein gutes Bild", lachte Valborg. „Wirklich gut. Hast du eine Idee warum?"

Sie schaute ihm einen Moment in die Augen.

„Ich sage es dir: Für mich ist es sehr einfach, die Gedanken zu lesen, die auf den aufgeschlagenen Seiten stehen. Es gibt aber noch viel mehr Seiten die verdeckt sind. An die Gedanken komme ich auch heran. Nur ist das etwas umständlicher und dir hilft es überhaupt nicht. Deshalb ist es meine Aufgabe, dich genau die Seiten aufschlagen zu lassen, die dir bei deinem Weg weiter helfen werden."

„Du willst mich also so etwas wie fernsteuern? Ist es nicht einfacher, wenn du mir einfach sagst, was ich machen soll?"

„Nein. Denk mal nach. Onanga hat dich zu dem Wasserfall gebracht und dir gesagt, dass du in der Höhle anfangen sollst. Das war nicht einfach für dich. Du hast dabei einiges über unsere Welt gelernt. Das ruhige Wasser zum Beispiel. Dass du unter dem Wasserfall hindurchtauchen kannst. Schließlich hast du die Treppe gefunden und bist zum Bibliothekar hoch gestiegen. Der Bibliothekar hat dich dann ziemlich bald weggeschickt. Und du bist brav gegangen."

Er wollte ihr widersprechen, dass er gar keine andere Chance gehabt hatte, ließ es aber bleiben, da er ihrem Gesicht ansah, dass sie noch nicht fertig war.

„Du hast den Bär gesehen und dich von der Reiterin retten lassen. Die hat dich dann zum Wald gebracht und dir gesagt, dass du die Hütte suchen sollst. Also bist du in den Wald, um die Hütte zu suchen. Ein vollkommen hoffnungsloses Unterfangen, aber zum ersten Mal seit dem Wasserfall hast du wieder etwas gelernt. Auch wenn du es zunächst nicht verstanden hast. Es ist dir gelungen nach mir zu rufen und ich habe dir Alba geschickt, um dir den Weg zu weisen. Kaum bist du bei mir, schon packe ich dich in mein Auto und bringe dich zu dem Konzert. Und jetzt sitzt du wieder hier."

Er wusste nicht, was sie ihm damit sagen wollte.

„Denk einfach mal ein bisschen nach, Ian."

Er ging die Stationen nochmals in aller Ruhe in seinem Kopf durch. Dann endlich dämmerte es ihm.

„Du meinst, ich lasse zu viel auf mich zukommen? Oder genauer: Ich lasse mich zu oft an die Hand nehmen und gehe einfach mit? Da bist du nicht die Erste, die mir das sagt. Trotzdem: Das alles ist doch so neu für mich."

Seine Gedanken gingen zurück zu den ersten Begegnungen mit Onanga. Er hatte sich immer nur von Onanga führen lassen. Nur, wie hätte es denn anders gehen können? Er kannte sich doch am Anfang noch gar nicht aus. Alles war ihm, wie in einem wunderschönen Traum vorgekommen.

„Das ist schon okay Ian. Onanga hat dir erstmal nur einiges gezeigt, damit du eine Idee davon bekommst, in welche Welt wir dich hineingelassen haben."

Aber, setzte er in seinen Gedanken fort, jetzt wurde von ihm ein bisschen mehr Eigenständigkeit erwartet. Valborg erwartete von ihm dass er nicht immer nur auf die Hilfe anderer hoffte, sondern selber aktiv wurde.

„Ja", stimmte sie ihm zu. „Genau das erwarte ich von dir."

„Kannst du mir denn verraten, was ich hätte machen sollen, als der Bibliothekar mich vor die Türe gesetzt hat?"

Valborg schaute ihn nur abwartend an. Gerade so, als ob sie darauf wartete, dass sich endlich der richtige Gedanke in seinem Kopf zeigte. Das konnte eigentlich nur bedeuten, dass er die Antwort bereits wusste. Wie war das noch mit Alba?

Auf Valborgs Gesicht erschien ein vorsichtiges Lächeln.

Aha. Er war auf dem richtigen Weg. Er hatte, ohne es mit zu bekommen, nach Valborg gerufen. Einfach dadurch, dass er intensiv und unbeirrbar an die Hütte gedacht hatte. Darauf wollte Valborg hinaus.

„So langsam verstehst du es. Das ist gut."

Er fragte sich bloß, warum er das Buch dann nicht schon lange in der Hand hielt. Denn daran hatte er seit dem Beginn seiner Reise bestimmt andauernd gedacht. Es gab nichts anderes, was ihn zu dieser Reise gebracht hatte. Nur das Buch für Onanga. Aber zuerst wollte er nochmals bestätigt haben, dass er richtig lag.

„Also: Du meinst, dass es alleine an mir liegt, welchen Weg ich gehen werde?"

„Im Prinzip richtig, aber noch nicht auf den Punkt. Welchen Weg du gehst, konntest du als Mensch auch schon entscheiden. Zumindest mal so grob gesagt. Natürlich gibt es dann immer so ein paar Randbedingungen, die dich beeinflusst haben. Davon reden wir hier aber nicht. Denk mal nach: Es ist nicht alleine der Weg, den du dir aussuchen kannst."

Gerade hatte er noch gedacht, er hätte das Rätsel geknackt. Jetzt verstand er es schon nicht mehr. Er konnte also den Weg aussuchen den er gehen konnte. Aber was bedeutete das eigentlich genau? Vor seinem Geistigen Auge sah er eine ganz normale Weggabelung irgendwo in einem Wald, so wie er sie beim Spazierengehen schon zig Mal gesehen hatte.

Richtig. Nicht immer wusste er, wo die Wege hin führten. Er hatte zwar immer eine Ahnung gehabt, die in der Regel auch gestimmt hatte, aber genau gewusst hatte er es nicht immer. Vielleicht wollte ihm Valborg gerade erklären, dass er jetzt in der Lage war, zu erkennen, wo die möglichen Wege hinführten.

Ein Blick in Valborgs Gesicht verriet ihm nur so viel, dass er nicht vollkommen falsch lag. Also versuchte er dem Gedanken weiter zu folgen. Angenommen, er würde jetzt einfach aufstehen und in den Wald gehen. Wie sollte er denn dann, wo es doch gar keinen Weg im herkömmlichen Sinne gab, erkennen, wo dieser nicht existierende Weg hin führen würde.

Nein, das war eine Sackgasse. Es musste irgendwie anders sein.

Richtig. Er hatte einfach zu sehr aus Menschensicht gedacht. Die Lösung war vollkommen anders. Mit dem richtigen Ziel vor Augen konnte er den Weg bestimmen. Oder noch besser ausgedrückt. Er konnte den einen Weg erkennen, den er gehen musste. Selbst dann, wenn er allen anderen verborgen war. Das war es.

Valborg schlug ihm anerkennend auf den Oberschenkel, stand dann auf und verschwand in ihrer Hütte.

Hütte? Noch bevor er sich darüber wundern konnte, dass aus dem schönen Haus mit dem gepflegten Rasen eine alte, von Regen und Stürmen schwer gezeichnete Hütte geworden war, verschwand auch diese Hütte und er stand auf einer kleinen, von dichtem Wald umrandeten Lichtung.

Die Burg

Okay, dachte er sich, diesmal war er alleine gelassen worden, ohne irgendeine „gehe dahin, gehe dorthin" - Information bekommen zu haben. Dafür hatte er erfahren, dass er mit der Kraft seines Willens den Weg zu dem Buch finden würde.

Er musste also eigentlich nur zurück zu dem Bibliothekar und den dann so stark beeindrucken, dass er ihn nicht wieder wegschicken würde, ohne ihm das Buch oder eine Kopie gegeben zu haben. Vielleicht gab es ja sogar die Möglichkeit das Buch auszuleihen. Er wusste es nicht.

Wie also konnte er zu dem Bibliothekar gelangen? So sehr er auch überlegte, ihm tat sich keine einfache Lösung auf. Dabei wäre eine Eingebung nach dem Motto, „Gehe zwischen den beiden Rotbuchen hindurch und folge dann dem Ruf der Eule", eigentlich ganz nett gewesen. Bei dem Gedanken daran musste er selber lächeln.

Schließlich ging er einfach geradeaus los. Immerhin die einzige Stelle an der ganzen Lichtung, die einigermaßen begehbar aussah. Demnach war es sicherlich kein Beweis für eine außergewöhnliche Willenskraft. Es war einfach nur der einzige gangbare Weg. Damit auch der einzige Weg, der zu dem Bibliothekar zurückführen konnte.

Während er einem kaum erkennbaren Pfad folgte, überlegte er, was er machen würde, wenn er das Buch für Onanga endlich in den Händen halten würde. Vielleicht würde Onanga ihm ja sogar erklären, was in dem Buch stand. Möglicherweise war es randvoll mit Schriftzeichen, die nur von Onanga und ihrem Volk verstanden werden konnten. Vielleicht war es aber auch so, dass der Text in dem Buch sogar für ihn lesbar war, nur eben überhaupt keinen Sinn machen würde. Möglicherweise würde sich der Text auf irgendwelche Mysterien beziehen, die er natürlich überhaupt nicht kannte. Vielleicht würde es ihm so gehen, wie einem Schüler, der einen Artikel aus irgendeiner Fachzeitschrift lesen müsste. Es würde von Fachausdrücken nur so wimmeln. Lauter

Fachausdrücke für deren wirkliches Verständnis man erst einmal ein paar Jahre studieren müsste.

Der Pfad machte eine leichte Biegung und führte langsam ein kleines Tal hinab. Ob der Bibliothekar wohl verstehen würde, was in dem Buch stand? Genaugenommen war es natürlich nicht die Aufgabe eines Bibliothekars, jedes Buch gelesen und verstanden zu haben. Er musste „nur" wissen, um welches Thema es bei den einzelnen Büchern ging, was bei einer solchen Menge von Büchern, wie er sie in der Bibliothek gesehen hatte, sicherlich auch kein einfacher Job war. Wahrscheinlich musste der Bibliothekar auch wissen und erforschen, welche Bedeutung die einzelnen Bücher für die verschiedenen Gruppen von Wesen hatten, die in dieser Welt lebten. Was wäre zum Beispiel, wenn es jemand schlecht mit Onanga und ihrem Volk meinte und alles daran setzen würde, genau dieses Buch aus der Bibliothek zu stehlen? Er wollte es sich gar nicht ausmalen, wie es wäre vor Onanga zu stehen und ihr sagen zu müssen, dass das Buch unauffindbar war, weil es jemand anderes genommen hatte.

Ohne es zu merken beschleunigte er seinen Schritt, was problemlos möglich war, da sich der schmale Pfad zu einem kleinen Weg verbreitert hatte. Es nutzte nichts, wenn er sich den Kopf darüber zermarterte, was passieren würde, wenn… Er musste erstmal den Bibliothekar finden. Alles andere zählte nicht.

Im gleichen Moment, in dem sein Amulett, das er schon fast vergessen hatte, ihn warnte, krachte er in eine alte, massive Holztüre.

Er war sich zwar hundertprozentig sicher, dass er die Türe hätte sehen müssen, aber es ließ sich nicht leugnen, dass die Türe jetzt vor ihm stand. Als er überlegte, ob er die Türe vielleicht umklettern konnte, spürte er, dass das Amulett eine gewisse Unruhe ausstrahlte. Zwar verstand er nicht, warum das Amulett nicht einfach mit ihm redete aber gleichzeitig erkannte er, dass es natürlich vollkommen überflüssig war, einen Weg um eine Türe herum zu suchen, wenn man genauso gut auch hindurchgehen konnte. Schließlich war es eine Türe und keine Mauer.

Ohne weiter zu zögern, drückte er die Klinke hinunter. Er hatte schließlich eine Aufgabe. Er musste endlich das Buch finden. Alles andere, wie etwa die Schönheit der Landschaft zählte jetzt nicht. Die konnte er an Onangas Seite noch immer genießen, wenn er seine Aufgabe hier vollbracht hatte.

Die Klinke leistete nur im ersten Moment einen kleinen Widerstand, dann ließ sie sich so problemlos hinunterdrücken, dass er schon glaubte, auf der anderen Seite der Türe würde gerade jemand das Gleiche tun. Umso besser. Fast hätte er „Onanga, ich komme", geschrien als der die Türe aufdrückte und lächelnd über seinen verrückten Einfall auf einen großen glatten See blickte, an dessen anderem Ufer eine alte, schon teilweise verfallene Burg stand.

In dem See spiegelten sich die kargen Hügel, die die Burg umrahmten. Wie schon so oft auf seiner Reise war die gesamte Szenerie in ein intensives Licht getaucht. Diesmal war alles so rot, wie man es im Spätherbst bei untergehender Sonne kaum schöner erblicken konnte. Selbst das alte Gestein der Burg schimmerte rötlich.

Er verharrte ein paar Augenblicke, um den Anblick zu genießen und erst als sich das Amulett räusperte und ihm dann zuflüsterte, dass er an Onangas Seite schon Schöneres gesehen hatte, erinnerte er sich wieder an seine eigentliche Aufgabe.

Jetzt galt es also einen Weg über den See zu der alten Burg zu finden. Am Einfachsten wäre es natürlich, wenn irgendwo in Reichweite ein kleines Boot am Ufer liegen würde, aber das war leider nicht der Fall. Trotzdem musste er irgendwie rüber kommen. Möglicherweise war in der Burg ja sogar schon die Bibliothek verborgen. Auch wenn er eigentlich den Wasserfall oder das Hochland mit der Reiterin hätte sehen müssen, hielt er an dem Gedanken fest. Er konnte nicht müde werden, sich zu versichern, dass er in dieser Welt schon so viele unmögliche Dinge gesehen hatte, dass eines mehr auch nicht mehr stören könnte.

Wie also konnte er zu der Burg und dem Buch kommen, wenn es kein Boot gab, das ihn zum anderen Ufer bringen konnte? Er wollte unbedingt eine Lösung finden und nicht erst abwarten, bis sich irgendwann vielleicht von selber eine Lösung finden würde. Vielleicht gab es auf dem See ja einen Fährmann. Genau. Der absolute Klassiker. Oder zur Abwechselung mal eine Fährfrau. Natürlich würde sie irgendeinen ungewöhnlichen Lohn für ihren Dienst verlangen. Irgendetwas, was er mit Sicherheit nicht gerne geben würde. Nein, dann wollte er den See schon lieber aus eigener Kraft überqueren. Zur Not konnte er immer noch schwimmen. Das Problem war nur, dass er die Entfernung nicht richtig einschätzen konnte. Nur die Burg alleine zwischen den Bergen reichte ihm nicht. Er wusste nicht wie hoch die Berge waren. War es eine riesige Burg vor kleinen Hügeln oder waren es hohe Berge hinter einer kleinen Burg?

Als ihm klar wurde, was er gerade gedacht hatte, musste er unwillkürlich anfangen zu lachen. Er konnte doch genau erkennen, dass die Berge nur etwa dreimal so hoch waren, wie die Burg. Und so, wie sich alles auf dem Wasser spiegelte – immerhin gut auf der Hälfte des Sees – konnte der See einfach nicht übermäßig groß sein. Und ganz abgesehen davon: Wie konnte er schon wissen, ob nicht doch wieder alles ganz anders sein würde, als er es sich vorstellen konnte.

Einfach, um mal anzutesten, ob das Wasser eine einigermaßen vernünftige Temperatur hatte, ging er ein kleines Stück in den See hinein. Über sich selber lachend stellte er fest, dass er damit wieder ein paar Schritte näher an sein Ziel kam. Das Wasser war kühl, aber nicht wirklich unangenehm. Da er gerade mal mit den Füßen in dem See stand, ging er noch ein Stück weiter hinein. Aus seinen Kindheitserinnerungen hatte er noch gut in Erinnerung, dass beim Baden im Meer der unangenehmste Teil eigentlich immer erst kam wenn das Wasser in etwa bis zum Bauch reichte. Als Kind hatte er dann oft mit hoch erhoben Armen und auf Zehenspitzen auf die Welle gewartet, die ihn auf einen Schlag komplett nass gemacht hatte.

Je weiter er in den See hineinging umso klarer wurde ihm, dass auch diesmal etwas ganz anders war, als er es erwartet hatte. Er ging durch den See, wie durch eine große Pfütze. Nur, um sich zu vergewissern, dass der See nicht tatsächlich nur eine Pfütze gigantischen Ausmaßes war, schaute er nach unten und stellte fest, dass sich, links und rechts neben seinen Füßen, Plankton sanft hin und herbewegte. Nur seine Füße schienen auf einen unsichtbaren Steg zu treten, der sich knapp unter der Wasseroberfläche befand.

Überrascht und in plötzlicher Angst, dass er neben den Steg treten könnte und sich dabei sogar verletzten könnte, blieb er stehen.

„Idiot", kommentierte das Amulett im gleichen Moment, in dem er merkte, dass sich der Steg zügig absenkte. Nach wenigen Momenten stand ihm das Wasser bereits über den Knien. Eigentlich brauchte er gar nicht nachzudenken. Schon in dem Augenblick in dem er den Kommentar des Amuletts gehört hatte, war ihm klar, dass er noch so viel wie möglich von dem Steg profitieren wollte. Den Rest würde er eben schwimmend zurücklegen. Ein Zurück gab es für ihn nicht. Schließlich hatte er ein Ziel. Und das lautete: „Burgruine erreichen; Buch finden."

Also machte er schnelle, große Schritte nach vorne. Weshalb sollte ihn die Gefahr aufhalten, dass er runterfallen könnte? Was war das überhaupt für ein blödsinniger Gedanke? Wenn er doch schon halb im Wasser stand, konnte er nicht mehr tief fallen. Außerdem war der Steg überhaupt nicht glitschig. Ganz im Gegenteil. Er bot perfekten Halt. Er war nur eben unsichtbar. Das war das einzig Ungewöhnliche an dem Steg.

Ein gutes dutzend Schritte später stellte er fest, dass der Steg nicht weiter sank. Das Wasser reichte Ian jetzt bis zu den Oberschenkeln. So, wie er es zuvor schon bei dem Wasserfall beobachtet hatte, entstand kaum eine Wellenbewegung. Noch nicht einmal die Wasserverdrängung, die er mit seinen Beinen auslöste, brachte den See aus seiner Ruhe.

Er beschloss, dies einfach als eine nette Geste des Sees hinzunehmen und sich keine weiteren Gedanken darüber zu machen. Stattdessen konzentrierte er sich darauf, möglichst schnell auf die andere Seite zu kommen. Und genau das gelang ihm immer besser, umso mehr er die Burg ins Auge fasste. Fast schien es ihm, als ob er das alte Gebäude mit jedem Schritt besser und schärfer erkennen konnte. Die einst so stolzen Zinnen waren zum größten Teil zerfallen. Überhaupt schien der ganze obere Teil des Gebäudes einmal deutlich bessere Tage gesehen zu haben. Noch ein paar Jahre in der Witterung und alles würde vermutlich endgültig zu einer Ruine verkommen sein. Eigentlich war das schade. Immerhin hatte die Burg sicherlich einmal genug Platz gehabt, um einer Großfamilie mitsamt Gefolge ein Dach über dem Kopf und Sicherheit zu bieten. Aber was sollte er solchen Gedanken nachhängen? Die Hauptsache war schließlich, dass er in der Burg endlich das Buch finden würde.

Je näher er kam, umso besser konnte er sich vorstellen, dass sich das untere Geschoss der Burg vielleicht sogar noch in einem ganz guten Zustand befand. Sicherlich würde irgendwo an der Seite oder im rückwärtigen Teil des Bauwerks ein Tor zu finden sein, durch das er in einen Innenhof treten würde, um dann in Ruhe zu erkunden, wo die Bibliothek zu finden sei. Vielleicht würde der Innenhof sogar vollkommen überraschend von mittelalterlich gekleideten Menschen bevölkert sein, die gerade einen Markt abhielten. Wäre gar nicht so schlecht, auch in dieser Welt mal wieder ein bisschen unter Leute zu kommen. In einer Ecke würden dann sicherlich auch ein paar Musikanten stehen, die dem bunten Treiben mit ihren alten Instrumenten noch mehr Charme verleihen würden.

Er war noch immer ganz in seiner Vorstellung gefangen, als er den Unterwassersteg verließ und an das trockene, sonnige Ufer trat. Keine einzige Pflanze hatte sich auf dem felsigen Untergrund niedergelassen. Noch nicht einmal die zähesten Vertreter waren zu sehen.

Die Burg, die sich vor ihm erhob, wirkte aus der Nähe um einiges mächtiger und trutziger, als er es sich vom See aus hatte vorstellen können. Auf der Suche nach einem Tor ging er aufs Geradewohl an der Mauer entlang. Vielleicht hatte er ja Glück und er würde den Eingang schon hinter der nächsten Ecke sehen. Als er die allerdings umrundet hatte, sah er nur eine weitere Mauer ohne jede Öffnung. Oder genauer gesagt, ohne jede erreichbare Öffnung. Denn die schmalen Schießschachten lagen für ihn einfach zu hoch.

Ohne sich entmutigen zu lassen ging er auch an dieser Wand entlang und gelangte so auf die Rückseite des Gebäudes. Wieder war kein Tor zu sehen, was diesmal sehr verwunderlich war, denn von den Bergen aus verlief ein deutlich zu erkennender Weg zur Burg. An der Mauer endete er abrupt. Eigentlich gab es dafür nur eine einzige Erklärung. Jemand musste das Tor vor langer Zeit zugemauert haben. Als er die Stelle allerdings genauer untersuchen konnte, waren keine Anzeichen eines ehemaligen Tores erkennen. Schon oft hatte er gesehen, wenn an alten Häusern neue, kleinere Fenster eingesetzt worden waren, oder wenn der alte Eingang zugemauert worden war und an einer anderen Stelle ein neuer Eingang geschaffen worden war. Immer war nach solchen Änderungen die alte Öffnung gut zu erkennen. Sei es, weil andere Steine verwendet worden waren oder sei es, weil die Steine in dem alten Bogen anders gesetzt waren, als die Steine der restlichen Mauer. Hier jedoch war nichts von alledem zu finden. Die Mauer sah so aus, als ob sie genau so schon vor vielen hundert Jahren gebaut worden wäre. Und noch etwas anderes war sehr verwunderlich. Der Weg, der durch die Mauer abgeschnitten war, sah überhaupt nicht verwittert aus. Normalerweise müsste sich der Zustand in Mauernähe doch von dem Zustand in weiterer Entfernung unterscheiden. Einfach, weil er an der Mauer seit Jahrhunderten nicht mehr genutzt worden war. Er konnte keine Erklärung dafür finden.

Gerade, als er weitergehen wollte, war ihm, als ob er etwas gehört hätte. Er legte, auch wenn er sich dabei ziemlich naiv vorkam, ein Ohr an die dicke Mauer und tatsächlich: Es waren Stimmen zu hören. Viele Stimmen. Gerade so, wie er es sich vorher ausgemalt hatte. Als ob tatsächlich innerhalb der Mauern ein Markt abgehalten würde. Dann mussten die Leute aber doch irgendwie hineingekommen sein.

Er ging auf dem Weg ein paar Schritte von der Burgmauer weg. Anders als die Umgebung hatte der Weg die Beschaffenheit eines ganz normalen Feldweges. Es waren zwei ausgefahrene Spuren zu sehen. Dazwischen lag loses Geröll. Genau dieses Aussehen des Weges – das wurde ihm jetzt nochmals klar – machte den Schnitt, den die Mauer zog, nur umso unerklärlicher.

Mit einem resignierten „puh" brachte das Amulett seine Ratlosigkeit auf den Punkt. „Also um ehrlich zu sein. Ich hab keine Ahnung, wie du da rein kommst. Als ich dir zugeteilt wurde hat wohl keiner damit gerechnet, dass du so weit kommst. Sorry. Echt ey. Sorry."

Eigentlich hatte er das Amulett schon fast vergessen. Ohne dessen Tipps war er eigentlich ganz gut vorangekommen. Genaugenommen waren es die Worte von Valborg gewesen, die ihn noch mal so richtig in Fahrt gebracht hatten. Die Kraft seines Willens schien wirklich der Schlüssel zu den Problemen zu sein, die ihm den Weg zu dem Buch versperrten. Wahrscheinlich war er nur deshalb so einfach über den See bis zu der Burg gekommen. Dann musste es doch auch möglich sein, irgendwie in diese Burg rein zu kommen.

Er schaute sich wieder die Kante an, an der der Weg von der Mauer unterbrochen wurde. Wie müsste es denn eigentlich an dieser Stelle aussehen? Wenn er wirklich im Mittelalter gelandet wäre, dann würden zweifellos links und rechts des Tores Wachen stehen. Vielleicht mit Schwertern bewaffnet. Möglicherweise lehnten Speere an der Wand. Er hatte keine Ahnung, wie das damals wirklich ausgesehen hatte. Jedenfalls würde ein buntes Treiben von Händlern, Bauern, normalen Leuten, Tieren und wahrscheinlich auch ein paar Ochsenkarren herrschen. So jedenfalls stellte er sich das vor. Ob er dabei von diversen alten Kinofilmen verdorben war, konnte er nicht entscheiden. Wenn er allerdings genauer darüber nachdachte, dann konnte so ein reges Treiben eigentlich nicht stattgefunden haben. Wo sollten denn so viele Leute hergekommen sein? Rundherum war nur karges Land. Jedenfalls würde das Tor selber so hoch sein, dass ein Reiter problemlos durchreiten konnte. Weil es bautechnisch einfacher war, würde im oberen Teil mit Sicherheit ein Bogen zu finden sein. Automatisch schweifte sein Blick an die Stelle, an der er den Bogen vermutet hätte. Ein schöner, stabiler Bogen. Im oberen Teil des Bogens war das Falltor zu erkennen, das nicht so weit hochgezogen werden konnte, dass es vollkommen in dem Turm verschwand. Der Feldweg war unterhalb des Torbogens gepflastert. Eine Maßnahme, um bei regnerischem Wetter etwas weniger Matsch und Dreck in den Burghof zu schleppen.

Als er auf das Tor zu ging, stellte er fest, dass die einzige Wache auf einem Schemel saß und schnarchte. Das Kinn lag auf der Brust auf und der Helm war ihm ins Gesicht gerutscht. Ansonsten war im Torbereich niemand zu sehen. Er konnte also, wie ein interessierter Tourist einfach durch das Tor gehen und sich das Treiben in dem Hof anschauen. Eigentlich hatte er nach dem Stimmengewirr, das er gehört hatte erwartet, dass ein Markt stattfinden würde. Ein Markt auf dem die Erzeugnisse der Region dargeboten wurden. Und tatsächlich stand er jetzt inmitten eines Marktes. An allen vier Wänden des Burghofes waren Stände aufgebaut. Teilweise mit Leinenüberdachungen, teilweise ohne jeglichen Schutz gegen Regen. Nur war es kein Markt auf dem Hühner, Käse und Brot verkauft wurden.

Es war ein Büchermarkt. Hinter den Ständen saßen mehr oder weniger gelangweilte Verkäufer. Meist mit übereinandergeschlagenen Beinen und einem Buch auf dem Schoß. Die wenigsten von ihnen spendeten den potentiellen Kunden, die zwischen den Ständen hin und her schlenderten, Aufmerksamkeit. Er beschloss es den anderen gleich zu tun. Der erste Stand, dem er sich zuwandte enthielt abgegriffene Paperbacks. Die Bücher standen dicht an dicht in Kisten.

Nur die Buchrücken waren zu sehen. Er hatte keine Lust die Schrift von nur einem einzigen dieser Bücher zu entziffern. Das Buch, das er suchte war sicherlich nicht darunter. Er suchte ein Buch, das in einem schönen Lederband gebunden war. Außerdem hatte das Buch, das er suchte mit Sicherheit nicht das Format eines normalen Taschenbuches. Sein Buch war sicherlich in jeder Abmessung nahezu doppelt so groß.

Der nächste Stand bot ausschließlich leinengebundene Bücher an. Das war schon interessanter, aber mit Sicherheit noch immer nicht das, was er suchte. Trotzdem nahm er das eine oder andere Buch heraus, um ein wenig darin zu blättern. Da die Seiten vergilbt und ausgetrocknet waren, verlor er schnell das Interesse daran. Nicht zuletzt auch deshalb, weil er entweder die Schriftzeichen nicht kannte, oder weil die Bücher in einer Sprache geschrieben waren, die er nicht kannte.

Nach längerem Suchen fand er endlich einen Stand, der ledergebundene Bücher anbot. Hier war er richtig. Dies war auch der erste Stand, in dem die Bücher nicht dicht an dicht in Kisten gequetscht waren. Hier hatte jedes Buch seinen eigenen Platz und konnte sich mit seinem kunstvoll geprägten Buchdeckel präsentieren. In der Hoffnung irgendetwas zu sehen, was ihm das Gefühl gab, das richtige Buch vor sich zu haben, studierte er die verschiedenen Buchdeckel. Sofern sich Schrift darauf fand, musste er feststellen, dass sie ihm unbekannt war oder dass die Wörter mit so kunstvollen Initialen begannen, dass er Schwierigkeiten hatte, die eigentlichen Buchstaben zu erkennen.

„Ich habe dich hier noch nie gesehen, Fremder."

Die Stimme des alten Mannes, der sich mit gekrümmtem Rücken hinter dem Stand auf einen Stock stützte, war brüchig und unerwartet hoch.

„Das ist richtig. Ich bin auf Reisen, um ein ganz besonderes Buch zu finden."

Er wunderte sich selber über seine etwas gestelzte Ausdrucksweise.

„Alle, die du hier versammelt findest, sind auf der Suche."
Der wache Blick des alten Mannes schweifte langsam über den gesamten Platz. „Viele kommen jedes Jahr zum Büchermarkt, ohne das zu finden, was sie suchen."

„Wissen die denn alle nicht, wie das Buch, das sie suchen heißt?"

„Weißt du denn, wie das Buch genannt wird, das du suchst?"

„Nein. Ich weiß nur, für wen ich es holen soll. Leider weiß ich noch nicht einmal, wie es aussieht. Ich muss darauf vertrauen, dass ich es trotzdem erkenne, sobald ich es sehe."

„Dann geht es dir nicht besser als all den anderen hier", lachte der Mann ein krächzendes Lachen. „All diese Tölpel - wie hast du das genannt? - vertrauen darauf, dass sie das Buch erkennen, sobald sie es in der Hand halten."

„Ich bin jetzt schon lange auf der Reise und habe bereits einige Stationen hinter mir. Und obwohl ich nie wusste, in welche Richtung der Weg weiterführte, habe ich ihn doch immer gefunden. Dann werde ich auch dieses Buch finden, wenn es hier an deinem Stand zu finden ist."

„Ja, ja, die Jugend. Ihr jungen Leute glaubt immer, dass sich schon alles irgendwie fügen wird. Dabei gibt es noch so unendlich viel zu verstehen und zu erkunden. Immer nur treiben lassen ist nicht der Weg, den ihr auf Dauer beschreiten könnt. Ihr müsst auch mal etwas wollen. Ein Ziel vor Augen haben."

Was wollte der alte Mann von ihm? Er hatte doch ein Ziel vor Augen. Das Buch für Onanga finden stand so klar über allem, was er machte, seit er Onanga in dem seltsamen Sturm verloren hatte. Ohne dieses Ziel hätte er sicherlich noch nicht einmal den Eingang zur Burg gefunden. Die Tatsache, dass er keine Ahnung hatte, wie das Buch aussah, konnte er nicht leugnen, aber Onanga hätte ihn niemals losgeschickt, wenn er das Buch nicht erkennen könnte, sobald er es sah oder in den Händen hielt. Dessen war er sich zu hundert Prozent sicher.

Ohne, dass er es gemerkt hatte, ruhten die Augen des alten Mannes noch immer auf ihm und sehr langsam hatte sich die Belustigung aus dem Ausdruck der Augen verabschiedet und echtem Interesse Platz gemacht.

„Also gut. Du sucht also ein Buch", nahm der Mann das Gespräch wieder auf. „Für wen soll es denn sein?"

Wollte der Mann jetzt etwa ein ganz normales Verkaufsgespräch beginnen? Ihm sollte es recht sein.

„Es ist für eine Freundin. Sie hat mich gebeten, es für sie zu suchen."

„Aha. Das ist ja immerhin schon einmal etwas anderes als bei den meisten anderen. Und hat dir diese Freundin denn auch gesagt, was es für ein Buch sein darf? Vielleicht ein Krimi oder eher etwas romantisches?"

Das Lachen war in das Gesicht des alten Mannes zurückgekommen. Eigentlich konnte es nur bedeuten, dass er sich einen Spaß aus der Unwissenheit seines Kunden machte.

„Wohl eher nicht. Onanga hat mir nur so viel gesagt, dass es ein wichtiges Buch für ihr Volk sei. Sie und ihre Mutter wollen darin Erklärungen finden, die das Leben ihres Volkes besser und einfacher machen würden. Es ist bereits das zweite Buch, das ich für sie finden soll."

„Oh, Respekt. Du hast die Aufgabe also bereits einmal bewältigt? Deshalb machst du, obwohl du eigentlich gar keine Ahnung hast, auch so einen selbstsicheren Eindruck. Du musst wissen, dass die Leute hier alle noch mit ihrer ersten Suche beschäftigt sind. Wie ist es dir denn gelungen, die erste Aufgabe zu lösen?"

„Eigentlich war es ziemlich einfach und ganz anders als jetzt. Onanga hat mich zum Fuß eines Berges gebracht und mir erklärt, dass das Buch am Gipfel zu finden sei. Ich musste also nur hochsteigen und es nehmen."

„So einfach?" wollte der alte Mann ungläubig wissen.

„Nein, nicht ganz. Das Buch wurde von einer riesigen Löwin bewacht. Die hatte dann aber so etwas wie ein Einsehen mit mir und ich durfte das Buch mitnehmen."

„Ich habe schon davon gehört. Du warst das also. Interessant." Der alte Mann ließ eine kleine Pause verstreichen und wollte dann wissen: „Wusstest du eigentlich, dass es vorher noch nie jemandem gelungen ist, dieses Buch zu bekommen?"
„Ähm. Naja. Was soll ich sagen? Ist doch eigentlich logisch. Wenn es vor mir schon jemand geschafft hätte, dann wäre es ja nicht mehr da gewesen. Oder?"
„Und klug bist du auch noch", lachte der Mann wieder sein krächzendes Lachen. „Dann hat sie dich also direkt wieder losgeschickt die gute Onga?"
„Onanga", verbesserte Ian automatisch. „Na, so ganz direkt nicht. Sie hat mir viel von ihrer wunderschönen Welt gezeigt."

Seine Gedanken gingen zurück zu den Unterwasserwelten, zu dem Chor, der in der riesigen Höhle gesungen hatte. Zu dem fackelbeschienenen Weg, der zu der Höhle geführt hatte. Er dachte an die rasanten Fahrten mit dem kleinen Boot zurück, die er in vollkommenem Vertrauen auf Onangas Fähigkeiten erlebt hatte. Je mehr er daran dachte, umso mehr fühlte er sich vollkommen in sich ruhend. Ihm konnte einfach nichts passieren. Er würde einfach alles schaffen.

Als er den alten Mann anblickte und nach Worten suchte, um ihm all das zu erklären, sah er, dass der Mann einen verschlissenen, schweren Vorhang zur Seite nahm, der hinter seinem Stand den Eingang zur Burg verdeckt gehalten hatte. Mit der freien Hand bedeutete er ihm, den Gang zu betreten.

Ohne Zögern folgte er der Aufforderung. Wie nicht anders zu erwarten, war der Gang schmal. Einzelne Steine standen aus den unregelmäßig gemauerten Wänden heraus. Eine Fackel spendete flackerndes Licht. Irgendwie kam ihm das inzwischen gar nicht mehr so besonders vor. Es war schließlich nicht das erste Mal, dass er auf das Licht von Fackeln angewiesen war. Vorsichtig ging er ein paar Schritte in den Gang hinein. Anders als sonst, gab es keine weiteren Fackeln. Damit war klar, dass er bald vollständig im Dunkeln tappen würde. Als er die paar Schritte bis zur Fackel wieder zurückging, stellte er fest, dass der alte Mann den Vorhang nicht nur wieder hatte fallen lassen. Der gesamte Durchgang zum Burghof war nicht mehr sichtbar. Scheinbar war diese Burg darauf spezialisiert, Wege vor Mauern enden zu lassen. Mauern, die man öffnen konnte, wenn man sich nur intensiv genug vorstellen konnte, wie die Welt dahinter aussehen könnte.

Statt das ein weiteres Mal auszuprobieren, nahm er die Fackel aus ihrem Halter und folgte dem Gang in die Burg hinein. Schon hinter der ersten Ecke wurde er auf eine grobe Steintreppe geführt, die nach unten führte. Probehalber versuchte er die Treppe mit der Fackel auszuleuchten. Er konnte allerdings nichts als vielleicht ein halbes dutzend Stufen erkennen, die gerade in den Keller hinabführten.

Mit der freien Hand suchte er immer wieder Halt an der Wand, während er die immer unregelmäßiger werdenden Stufen hinabstieg. Er war so darauf konzentriert, nicht zu stürzen oder sich den Kopf zu stoßen, dass ihm erst nach einiger Zeit klar wurde, dass mal wieder alles anders war, als er es sich vorgestellt hatte. Natürlich führte die Treppe nicht in den Keller der Burg. Hatte es überhaupt Burgen mit Kellern gegeben? Er konnte sich nicht vorstellen, dass die Menschen im Mittelalter freiwillig angefangen hatten, Keller zu bauen. Andererseits hatten sie natürlich Versorgungsstollen gebaut. Und außerdem überhaupt Bergbau betrieben. Warum dann nicht auch Keller für Burgen? Immerhin wären das Räume gewesen, in denen leicht verderbliches Gut besser gelagert werden konnte. Er schüttelte den Kopf, um seine abschweifenden Gedanken zu vertreiben. Fest stand, dass er jetzt garantiert in keinen Keller ging, denn dafür war er schon viel zu lange unterwegs.

Unvermittelt befand er sich am Fuß der Treppe. Fast wäre er gestolpert, als er die nächste, gar nicht mehr existente Stufe hinuntersteigen wollte. Das Licht der Fackel zeigte ihm wieder einen schmalen Gang ohne jede Abzweigung. Damit war die Entscheidung, wo er hin gehen sollte, denkbar einfach. Irgendwann mischte sich in den Widerhall seiner Schritte ein anderes Geräusch. Immer wieder blieb er stehen, um es besser hören zu können. Es war ein langes durchdringendes Fiepen. Mal war es gut zu hören, mal war es so still in dem Gang, dass er schon glaubte, seinen eigenen Herzschlag zu hören. Da er sich nicht erklären konnte, was es war und da ihm mangels Alternativen ohnehin nichts anderes übrig blieb, als dem dunklen Gang zu folgen, setze er seinen Weg unverdrossen fort. Egal, wie oft er noch irgendwelche Wege gehen müsste. Sein Ziel war es, das Buch zu finden. Und dass er dafür scheinbar das Richtige machte, hatte ihm das Erlebnis mit dem alten Buchhändler gezeigt.

Je weiter er ging, umso mehr verlor er das Gefühl dafür, wie lange er schon unterwegs war. Zwischendurch hatte ihn die Sorge erfasst, dass die Fackel nur eine endliche Lebensdauer hatte. Daraufhin hatte er seine Schritte sogar noch beschleunigt, bis ihm aufgefallen war, dass die Fackel gar nicht herunterbrannte. Wieder eine Sorge weniger. Er konnte sich also ganz und gar darauf konzentrieren, was ihn am Ende des Ganges erwarten würde. Eines war immerhin schon klar. Es war etwas Fiependes. Nur was? Inzwischen war noch ein weiteres sporadisch auftretendes Geräusch dazu gekommen. Immer wieder hörte er ein an- und abschwellendes Rauschen. Gerade so, wie bei einem Luftzug, der von einem Windmühlenflügel erzeugt wird.

Bevor er das mit dem Fiepen in Verbindung bringen konnte, endete der Weg so überraschend, wie zuvor die Treppe. Nur wäre es diesmal böse ausgegangen, wenn er nicht rechtzeitig stehen geblieben wäre. Vor ihm tat sich nämlich eine wahrhaft riesige Höhle auf. Überall in der Höhle waren flackernde Lichter verteilt, die der Höhle ein mystisches Aussehen verliehen. Riesige Vögel tobten ausgelassen hin und her. Sie schienen sich gegenseitig zu jagen. Erst bei genauerem Hinsehen, konnte er erkennen, dass es scheinbar doch kein ausgelassenes Spiel war. Vielmehr ging es um die Beute, die einer der Vögel im Schnabel hatte. Alle anderen versuchten sie ihm abzujagen. Immer, wenn sich der Vogel zu sehr in die Enge gedrängt fühlte, ließ er die Beute fallen und die anderen folgten dem Gegenstand im Sturzflug in die Tiefe, bis es einem der Jäger mit einem kühnen Flugmanöver gelang, die Beute aufzufangen und damit selber zum Gejagten zu werden.

Je länger er den Vögeln bei ihrem Treiben zuschaute, umso mehr kam in ihm die Erinnerung an die Höhle auf, die er zusammen mit Onanga besucht hatte. Nur hatten die wunderbaren Vögel mit dem bläulich schimmernden Gefieder, die dort durch den Raum geschwebt waren, eine ungleich elegantere und vollkommenere Ausstrahlung gehabt. Um besser beobachten zu können, legte er die Fackel, die jetzt doch fast vollständig abgebrannt war, auf den Boden.

Bestimmt hatte die Beute schon drei- oder viermal den Besitzer gewechselt. Gerade jetzt wurde sie wieder neu eingefangen. Der Vogel versuchte wieder nach oben zu steigen und dabei den Angriffen der anderen auszuweichen, was ihm gut gelang, da er die Kunst beherrschte, schnelle, unvorhersehbare Kurven zu fliegen. Damit gingen die Attacken der anderen, träger wirkenden Vögel immer wieder in Leere.

Aber auch dieser Vogel fand irgendwann keinen Ausweg mehr, als er einem Angriff auswich und damit einem riesigen, pechschwarzen Vogel geradewegs in die weit gespreizten Greifer zu fliegen schien. Bei dem verzweifelten erneuten Ausweichmanöver konnte er die Beute nicht mehr festhalten und wieder segelte das begehrte Stück dem Boden der Höhle entgegen.

Das Chaos, das dadurch wieder entstand, machte sich jetzt ein Vogel zu Nutze, der sich vollkommen unerwartet von der Felswand löste. Er rauschte in einem rasend schnellen Sturzflug nach unten, fing sich kurz über dem Höhlenboden mit einem gewaltigen Flügelschlag ab und packte die Beute mit seinem Schnabel. Sofort stieg er mit kräftigen Flügelschlägen nach oben, um sich der Meute der Jäger zu stellen. Schon als der Vogel im Sturzflug gewesen war, schien es so, als ob er bläulich schimmerndes Gefieder hätte. Auch die Art, wie er in den Sturzflug gegangen war und wie er ihn abgefangene hatte, erinnerte Ian an die Vögel, die er bei dem Auftritt des Chors an der Seite Onangas gesehen hatte.

Anders, als die anderen gejagten Vögel versuchte dieser Vogel nicht, bis an die Decke der Höhle zu gelangen. Vielmehr wiederholte er noch mehrmals seinen Sturzflug, den er immer wieder elegant über dem Höhlengrund abfing. Dabei schienen ihm die anderen Vögel nicht richtig folgen zu können. Er hatte keine Ahnung warum das so war, denn auch die anderen hatten bereits viele waghalsige Manöver gezeigt. Vielleicht war der blaue Vogel einfach noch um eine Spur perfekter. Vielleicht genoss er auch besonderes Ansehen bei den anderen, so dass die sich nicht wirklich trauten, die Jagd zu beginnen. Zum ersten Mal, seit Ian das Schauspiel beobachtete hielt er dem Gejagten die Daumen, möglichst lange durchhalten zu können.

Wieder vollführte der Vogel einen seiner Parabelflüge. Erst im letzten Moment erkannte Ian, dass die Flugbahn dieses Mal so ausgerichtet war, dass die aufsteigende Bahn den großen Vogel direkt zu ihm führen würde. Erwartungsvoll beugte er sich nach vorne, um den aufsteigenden Flug besser verfolgen zu können. Tatsächlich kam der aufstrebende Vogel geradewegs auf ihn zu. Vollkommen unerwartet, stellte das elegante Tier seine Schwingen kurz bevor er an Ian vorbei glitt anders ein, was dazu führte, dass er genau vor Ian in der Luft stand und seinen Schnabel mit der Beute in Reichweite für Ian hielt.

Der brauchte gar nicht erst den Ruf des Amuletts zu hören, um zu begreifen, dass der Vogel ihm die Beute anbot. Wie im Reflex griff er zu und im gleichen Moment, in dem der wunderschöne Vogel seinen Schnabel öffnete, verschwand er auch schon wieder nach unten, um einen erneuten Parabelflug zu vollführen.

Erschrocken über das, was gerade passiert war, trat er einen Schritt zurück und setzte sich, die Beute fest umklammernd auf den Boden des Gangs. Den Blick des Vogels würde er nie wieder vergessen können. Die Augen hatten so menschlich gewirkt und ihn geradezu angefleht, zuzugreifen.

Und dann erst die Größe des Vogels. Der Kopf hätte kaum in den Gang gepasst. Wie gigantisch groß musste erst die Höhle sein, dass ihm das vorher nicht aufgefallen war?

Seine Aufregung legte sich erst wieder, als ihm von der Beute, die er noch immer fest umklammerte, so ein seltsam vertrauter Geruch entgegen kam. Der Geruch von altem, gut gepflegtem Leder war einfach unverwechselbar. Er hatte tatsächlich ein großes ledergebundenes Buch in der Hand. Und ohne es prüfen zu müssen, wusste er, dass es nicht irgendein ledergebundenes Buch war. Es war das Buch, das er die ganze Zeit gesucht hatte.

Die Gabelung

Es fühlte sich so unendlich gut an, als er Onanga neben sich spürte. Sie nahm seine Hand in ihre Hand und schaute ihn mit einem langen, ruhigen und zufriedenen Blick an.

„Komm, ich möchte dir etwas zeigen."

Als er die Gabelung vor sich sah, war er kaum überrascht. Eigentlich hatte er es sogar gar nicht anders erwartet. Der Gang, den er gekommen war, hatte mit Sicherheit keine Abzweigungen gehabt. Trotzdem gab es jetzt diese Gabelung. Onanga, die wieder ihr gut gelauntes Lachen zeigte, als sie seine Gedanken las, führte ihn in einen der abgehenden Wege.

„Du hast doch jetzt gelernt, dass du mit deinen Gedanken so viel bewirken kannst. Dass du eben noch keinen abzweigenden Weg gesehen hast, lag einfach nur daran, dass du unbedingt das Buch finden wolltest. Also hast du auch nur den Weg gesehen der dich zu dem Tummelplatz der großen Vögel geführt hat."

Und jetzt, ergänzte er ihre Erklärung, wo du mich wieder führst, sehe ich auch all die anderen Wege, die man hier gehen kann. Was für eine fantastische Welt das doch ist.

„Du musst jetzt eine wichtige Entscheidung treffen. Welchen der beiden Wege du nimmst, bedeutet auch, was du in Zukunft erleben wirst."

Er fragte sich, ob Onanga jetzt so etwas wie eine Lotterie mit ihm spielen wollte. Wie konnte er sich denn jetzt zwischen den Wegen entscheiden ohne zu wissen, was am Ende jeweils auf ihn zukommen würde?

„Nein", lachte Onanga, „das geht natürlich nicht. Deshalb gehe ich mit dir in die Wege und du darfst selber sehen, was dich erwartet."

Okay, das hörte sich spannend an. Jetzt schaute er sich den Weg, den er mit Onanga schon ein Stück gegangen war genauer an. Im ersten Moment glaubte er, es sei der Weg, den er gekommen war, aber dann stellte er fest, dass ihm salzige Seeluft entgegen kam. Nach ein paar Biegungen führte der Weg schon ins Freie. Vor ihm dehnte sich der See aus, auf dem die Feen lebten. Er korrigierte sich: Muss wohl doch eher ein Meer sein. Sonst würde es nicht so nach Salz riechen. Unweit des Ufers lag das große Schiff der Feen vor Anker. Dort saß sicherlich Onangas Mutter und wartete darauf, dass er ihr das Buch geben würde. Das Meer war von beiden Seiten durch bizarr wirkende Felsformationen begrenzt. Überall waren Feen unterwegs, die mit ihren kleinen Booten über das Wasser glitten.

Wie immer war der Himmel über dem See in verschiedenste Farben getaucht. Diesmal überwogen Blautöne. Natürlich kein normales Himmelblau mit ein paar netten weißen Wolken. Es war ein dunkles Blau, das den Unterschied zwischen Himmel und Erde kaum erkennen ließ. Von den Seiten wabberten immer wieder andere Farbtöne hinein. Manchmal gewann sogar ein tiefes Violett die Überhand und drängte das Blau an die Seite.

Was an dem ganzen überwältigenden Farbenspiel am faszinierendsten war, war der riesige Planet oder Mond oder was auch immer, der den halben Horizont ausfüllte.

„Du hast viel mehr gelernt, als du dir vorstellen kannst", erklärte ihm Onanga. „Ihr Menschen denkt immer, dass ihr auf dem einzigen Planeten im Weltall wohnt, der Leben in sich birgt."

Naja, ganz so schlimm ist es auch wieder nicht, überlegte Ian. Wir sind uns nur sicher, dass andere Lebensformen so weit weg sind, dass wir sie niemals mit Raumschiffen erreichen können.

„Ihr Menschen denkt einfach in falschen Bahnen. Dieser Planet dort ist die Heimat vieler anderer Völker. Wir tauschen uns sogar mit diesen Völkern aus. Sieh nur, dort fliegt gerade wieder eines der Shuttle. So nennt ihr so etwas glaube ich. Naja", lachte sie, „um ehrlich zu sein, haben wir das nur starten lassen, weil wir denken, dass du so was in der Art erwartest."

Sie schaute ihn erwartungsvoll an und als er ebenfalls lachte, ergänzte sie in ernsterem Ton: „Dieser Planet war schon da, als du mich das erste Mal besucht hast. Du konntest ihn nur nicht sehen."

Er konnte nur stumm da stehen und staunen. Das Teil war einfach riesig groß. Und es schien so nah zu sein, dass die Anziehungskraft eigentlich dafür hätte sorgen müssen, dass es schon lange mit der Erde zusammengeknallt wäre. Wenn jemals ein paar Physiker erkennen würde, dass so nah an der Erde ein weiterer Planet stand, dann...

„Ach ihr Menschen", lachte Onanga und brachte ihn damit von seinem Gedanken ab. „Eure Naturwissenschaft ist schön aber sie ist nicht alles."

Vermutlich hatte Onanga mal wieder recht. Am Besten war es wahrscheinlich, wenn er es einfach nur akzeptierte.

Er saugte das Bild, das sich ihm bot in sich auf. Es war einfach zu schön und zu irreal, um ihm in einem Leben außerhalb von Onangas Welt jemals wieder begegnen zu können.

Irgendwann zog ihn Onanga wieder sanft zurück in den Gang.

„Ich möchte dir auch noch den anderen Weg zeigen."

Wieder veränderte sich der Geruch, der Ian in die Nase stieg. Die salzige Seeluft verschwand und machte dem unangenehmen Geruch von Desinfektionsmitteln platz. In dem Moment, in dem ihm das klar wurde, änderte sich auch das Aussehen des Ganges. Ian hatte den Eindruck durch einen Krankenhausflur zu gehen. Vor ihm gingen mit kurzen und langen Kitteln bekleidete Krankenpfleger und Ärzte zwischen den Räumen hin und her. Noch bevor er überhaupt darüber nachdenken konnte weshalb ihm Onanga so etwas zeigte und was die Leute sagen würden, wenn sie ihn und Onanga entdecken würden, blieb Onanga stehen.

„Niemand kann uns sehen. Das, was ich dir zeigen möchte, siehst du hinter dem Fenster dort."

Ohne zu wissen, was ihn erwartet, schaute er durch die Scheibe. Dem Patienten, den er dort sah, ging es scheinbar richtig schlecht. Schläuche führten an allen möglichen Stellen in seinen Körper. Beine und Arme waren bandagiert. Der arme Kerl. Aber immerhin gab es offenbar Leute, die sich um ihn kümmerten. So weit Ian das erkennen konnte, gab es sogar eine richtige Musikanlage in dem Raum. Vielleicht hatte ihm ja sogar jemand etwas auf der Gitarre vorgespielt, die in einer Ecke an der Wand lehnte. Es war sicherlich schön für den Patienten, wenn es Leute gab, die sich so um ihn kümmerten. Trotzdem verstand er nicht, weshalb Onanga ihm diesen armen Mann zeigte.

„Er hatte einen Unfall", erklärte Onanga. „Die Menschen haben viel darüber geschrieben. Die Zeitungen waren mehrere Tage voll davon. Ein Privatjet ist abgestürzt und hat ihn mit seinem Auto unter den Trümmern begraben. Er hatte unglaubliches Glück, überlebt zu haben. Fast hätte man ihn gar nicht gefunden. Seit dem Unfall ist er nicht mehr aufgewacht. Die Ärzte haben festgestellt, dass sein Hirn rege tätig ist. Sogar mehr, als erwartet. Trotzdem. Wann und ob er wieder aufwacht, können sie nicht sagen. Vielleicht wacht er nie wieder auf. Vielleicht in einem Jahr. Vielleicht aber auch schon heute."

Als Ian überlegte, warum er davon nichts mitbekommen hatte und warum ihm das Gesicht so seltsam vertraut vorkam, öffnete der Patient die Augen und Ian wusste auf einmal wer dort lag.

„Jetzt musst du dich entscheiden, Ian. Mein Freund. Willst du aufwachen oder bleibst du bei mir?"